和田正雪
Wada Shosetsu
嘘つきは同じ顔をしている
角川書店

嘘つきは同じ顔をしている

◎装画　田中寛崇

◎装丁　高柳雅人

新人編集者山城と心霊マンション（１）

駅近かつ、日当たりもよい綺麗なこのマンションは山城《やましろ》にとっては最低最悪の新居だった。

荷物なんてほとんどない。

この部屋に長く住むつもりはなかったし、持ってきたのは必要最低限の着替えと仕事で使うノートパソコンとスマートフォンくらいだ。

家具類はレンタル業者が後から持ってくるし、生活必需品は近所のディスカウントストアで仕入れればいい。

「はぁ」

——とりあえず買い物行く前に電話入れておかなきゃ。

オカルトとヤクザという怖いもの繋がりの二ジャンルを主に扱う弱小出版社【操山出版《みさおやま》】の編集者である山城龍彦《たつひこ》は、自分をここに送り込んだ社長の矢田部《やたべ》に電話をかけた。

社長の携帯に直接かけているので、本人がすぐに出る。

「お疲れ様です。山城です」

「おう。着いたか？」

社長の鼓膜に優しくない大声に山城は眉を顰《ひそ》めるが、電話越しでは伝わらない。黙ってボリュームを下げる。

「今着いたところです」

「どうだ、いいマンションだろ?」

たしかに良いマンションではある。３ＬＤＫの南向きで急行は止まらないが駅からも近い。普通なら二十代独身安月給の山城が住めるような物件ではない。

普通なら。

「で、怪奇現象起きたか?」

事故物件なのだ。

「まだ昼間ですよ。起きるわけないじゃないですか」

「明るいうちは何も起こらないなんて誰が決めたんだよ?」

「誰ですかね?」

「じゃあ、今俺が決めてやる。真昼間でも幽霊は出るし、怪奇現象も起きる」

「やめてくださいよー。昼間から怖くなっちゃうじゃないですか」

「こんなことで怖がるな、派手な見た目に似合わん」

「この見た目に幽霊の方がビックリしてどっか行ってくれたらいいんですけどねー」

山城は高身長で外国産の鳥の巣のようなウェーブがかかった派手な茶髪だった。

「んなこたないだろうな。派手だが威圧感があるわけじゃねぇし。お前ってアメリカのコメディアンみたいだよな」

「認めたくないですが、認めざるをえないです」

彼はパッと見は派手だが、気弱な内面がそのまま顔を形作っており、威圧感は皆無であった。

幽霊どころか子供にすら怖がられたことはない。

「早くそこから出たいならさっさと取材終わらせてこい」

「わかってますよ」

「文句あるなら給料下げてもいいんだぞ」

「文句なんて言ってないじゃないですか。これ以上給料安くなったら餓死しますよ。それに事故物件に強制的に引っ越しさせられてるんですから文句の一つくらい言ってもいいでしょ」

「とにかく一流の編集者になるための修行だと思って頑張ってこい。一人前になりたいんだろ？」

まだ三流以下だと自認している山城としてはそれを言われると反論できなくなってしまう。

それに山城は嫌がる一方で、僅《わず》かながらではあるがチャンスだとも考えていた。

「わかりました」

「おう、じゃあ頑張れ」

そして通話は一方的に打ち切られた。

山城はトランクケースから荷物を取り出しながら何度もため息を吐《つ》く。

彼は大学入学に際して岡山から上京してきたのだが、とことん物件運に恵まれてこなかった。

通学ラッシュ、水漏れ、傾き、幽霊、怪奇現象と引っ越す度にロクでもない目に遭ってきた。

そして今度はわざわざ事故物件とわかった上で引っ越してきているのだ。

仕事に必要なノートパソコンを取り出したところで――。

「もう幽霊出ましたか？」

「うわ、出たっ」

背後からの声に山城は座ったまま腰を抜かして、ひっくり返る。

「なにやってるんですか？」

操山出版の学生アルバイトの小野寺《おのでら》はるかが顔を覗き込んできた。

暗い色のロブヘアが顔にかかる。

合間から覗く鼻筋が通った綺麗な顔が意地悪そうに微笑《ほほえ》んでいた。

「こっちの台詞《せりふ》だよ。どうやって入ったんだよ？　もしかして小野寺さんが幽霊ってこと？」

「残念、幽霊ではありません。では問題です。私はどうやってこの家に入ってきたでしょう？」

「急にクイズ出されてもわからないよ。怪盗の一族なの？」

「絶対正解なわけないじゃないですか。真面目に考えてくださいよ」

床に転がって、後輩女子に見下ろされている状態で真面目に考えられるわけがない。

「正解発表しますよ。社長に合鍵渡されたんです。なんでその可能性より私の幽霊説とか怪盗説が先に出てくるんですか。やれやれ、先が思いやられますね」

「幽霊が出る出るって思ってたんだから、仕方ないじゃないか。それに合鍵渡されたからってインターフォンも鳴らさずに勝手に入ってこないでくれよ。幽霊じゃなきゃ泥棒だよ、普通に考えれば」

「普通に考えてもそうはならない気がしますけど……わかりました、次からは鳴らしますね」

「最初こそ鳴らしてほしかったよ」

「驚くと思ったんで」

「驚くと思ったんで、じゃないよ。ひどいじゃないか」

「本物の怪奇現象の前の肩慣らしってことで」

「慣れたりしないんだよ。あーやだやだ、こわいこわい」

山城は本心からそう言った。

「学生バイトにそれだけ怖がってたら、本物が出たらどんなことになっちゃうんですかね」

「考えたくもないよ」

「私は楽しみです」

「目の前にいるのは幽霊ではなかったけど、悪魔かもしれない」

そう言うと声をあげて彼女は笑った。

山城は身体を起こすが、まだ立ち上がるには至っていない。

小野寺は立ちっぱなしで山城を見下ろしている。まだ家具が届いておらず、座る椅子もなく、床に直座りはしたくないということだろう。

クーラーが効いていて、ひんやりと冷たい床は心地良い。

「ところで、小野寺さんはどうしてここに？」

「なんでだと思います？」

小野寺はいつも山城の質問にすんなり答えてはくれない。すぐに問題を出してくる。

「矢田部さんに差し入れを頼まれたからじゃないかな」

「どうしてそう思うんですか？」

「手に大きな荷物持ってるから」

小野寺は大きなトートバッグを提げてここにやってきていた。

「残念。正解はちゃんと山城さんが逃げずに入居しているか見張りに寄こされたからでした。この荷物も差し入れではありません」

山城は不正解だろうなとは思いつつ――彼は小野寺のクイズに正解できたことが殆《ほとん》どない――僅かに期待もしていたので、落胆した。

「で、実際のところどうですか？　良い本書けそうです？」

「今のところはまったくわからないよ。設備が一世代前だから築年数は感じるけど、全体的に小綺麗なマンションだし。冷静になってみるとそんなに〝出そう〟っていう雰囲気ではないよね」

「たしかに。でもここ事故物件なんですよね？　何が起こったんですか？」

「よく知らない」

「知らないなんてことあるんですか？」

「だって、矢田部さんが教えてくれないんだよ」

「教えたら怖気《おじけ》づいて逃げるから、ですかね」

「どんな恐ろしいことがここで起きたっていうんだよ？」

「だから言えないような、ですよ」

彼女は直立不動で高い位置から冷ややかに言った。

座ったままにもかかわらず精神を摩耗《まもう》させて、疲れ果てた山城は逡巡《しゅんじゅん》してから言った。

「それが正解かも。でも、俺意外と逃げたりはしないんだけどな」

「ですよね。私も山城さんが目に涙を浮かべて震えてるのは想像つくんですけど、逃げ出すイメージはないです」

山城は再びフローリングに仰向けになって天井を仰ぐ。大学生相手に言い負かされてばかりであり、社内での立場も悪くなる一方なのだが、いくら小心者でも仕事を投げ出して逃げたりはしない。さすがに業務を拒否しないだけのなけなしの勇気は持ち合わせているのだ。

「社長の信用はないんだよなー」

「ですね」

「そんな即答で同意されると事実でも傷つくんだよなー」

小野寺はここでようやくしゃがみ、山城の顔を覗き込んで言った。

「いいじゃないですか」

「なにが？」

「今回の取材をきっかけに良い本を作ればいいんですよ。見返してやりましょうよ。あのデブを」

「社長のことをデブなんて言うなよ。巨漢だよ、巨漢」

山城は身体を起こし、小野寺と顔を見合わせて笑った。

——巨漢はセーフだよな？

「家財道具はレンタル業者さんにお願いしてるんですよね？」

「あぁ、そうだよ。もうすぐ来るんじゃないかな」

「じゃあ、業者さんが帰ったら聞き込みに行きますよ」

「聞き込み？」

「そうです。では、クイズです。そこのバッグに入っているものなにかわかりますか？　それを使います」

「わからない」

山城は彼女の目を見て即答する。

「もう少し考えましょうよ」

「俺への差し入れじゃなかったら、もうなんにも思いつかない」

「そんなことじゃ、立派な編集者になれませんよ」

「うーん」

――俺への差し入れではない。そして、聞き込みに使うもの。なんだろうなぁ。全然思いつかない。

「ギブアップ」

「やれやれ。じゃあ、正解発表しますよ。中身開けてください」

山城は彼女があえて中身が見えないように置いたであろうトートバッグを引き寄せ、中身を覗き込む。

「サランラップとタオルだ」

「さすがにわかりましたか？」

いくらボンクラの山城でも正解発表後に意図がわからないほどではない。

「引っ越しの挨拶、かな」

「正解です」

小野寺は引っ越しの挨拶を口実に近所の住人に聞き込みをしろと言っているのだ。

そして会話を引き出すための対価としての粗品をわざわざ買ってきてくれたのである。

「気が利くなぁ。これ小野寺さんのアイディアだよね？」

「そうですね。あ、これは経費で落ちることになってるのでお金は気にしないでください」

「矢田部さんが俺のところに寄こしたのもわかるよ。自分で自分の頼りなさに嫌気がさしてきた」

「まだ何も始まっていませんし、話を聞き出すのは山城さんのお仕事ですよ。実は私はそういうのが得意ではないのです」

「そんな風に見えないけどな」

「私のように背が高くて顔立ちがはっきりしていると初対面の人は威圧的に感じるらしいですよ。あとハキハキしゃべるのもよろしくないみたいですね」

「へー、そんなもんなんだ。でも俺の方が威圧感ないかな？　髪型とか派手だし」

「いえ、山城さんの髪型は面白いだけですし、顔と声が全然怖くないので」

つい先ほど、社長に似たようなこと——アメリカのコメディアンみたいだと言われたのを思い出した。

「そっかぁ」

「はい。それにバイトの私が取材までやったら山城さんは何をするんですか？」

「それもそうだ。腹括《くく》って頑張るよ」

彼女は小さく何度もうなずいた。

「レンタル業者さんが来るまでに一つこの辺りの怪談で面白いのをネットで見つけたので聞いてくださいよ」

山城は「聞きたくない」と心の中で思いながらも、口に出すことはできなかった。

当然のように返事を待たずに小野寺は話し始める。

「五時になるとこのあたりは町内のスピーカーから『ふるさと』が流れるそうです。それが時々聴いたことのない曲に変わる日があるんですって。最初はいつもの曲かな？と思うみたいなんですけど、立ち止まってよく聴いてみると徐々に耳障りな違う曲だと気づくんですね」

「そうなんだ」

「聴いていたくないのでその場を立ち去ろうとすると目の前に小さな子供が立っているそうなんです。『遊ぼう』って言うんですよね。でももう夕方ですし、遊ばないじゃないですか？日中でも知らない子供と遊んで不審者だって通報されても嫌ですし大抵は『早くお家に帰った方がいいよ』って言ったり、無視して立ち去ろうとするそうです。で、立ち去ろうとするとその子供が手を摑《つか》んでくるんですって」

「うん」

「その感触の気持ち悪さにゾッとして、咄嗟《とっさ》に手を払うと、自分の手がびしょびしょに濡《ぬ》れてるんですって。で、思わず振り返ると耳障りなあのメロディに沿って子供が歌ってるらしいです。その歌詞の殆どは聞き取れないんですけど『お前死ぬ』って言ってる部分だけははっきり聞こえるそうです。それを聞いた人はみんなその後死んでしまうそうですよ」

「なんだよ、その話」

「なんだよと言われましても。怪談なんてだいたいなんだかよくわからない話ですよ」

そしてインターフォンの呼び出し音が家具のない部屋の中で響く。

「うわっ」

「レンタル業者さん来たみたいですね」

山城の新居である事故物件に家具が運び込まれてくる。

最初に机と椅子を運び込んでもらい、小野寺を座らせると山城は自ら家具の運び込みの手伝いに出た。

家具もまた必要最低限のものしかレンタルしておらず、原稿を書くための缶詰部屋といっても過言ではなかった。

「刑務所みたいですね」

「否定はできないなぁ、刑務所がどんな感じか知らないけど」

「居心地良いとダラけちゃうかもしれないですし、このくらいの方が早く出ようって気になっていいいんじゃないですか？」

「そうかもなぁ」

山城は広々としたファミリータイプのマンションのリビングに机と椅子だけぽつんと置かれているさまを見て、一刻も早く脱出しようと誓ったのであった。

☾

山城と小野寺はラップとタオルを小分けに袋詰めして、廊下に出る。

「ここって内廊下なんですね」

マンションの廊下は外に面しておらず、どこか薄暗い。窓もないので今が昼なのか夜なのか、晴れなのか雨なのかもわからない。

　山城はこの閉塞感も苦手だった。

「外の空気が吸える方が好きだな、俺は」

「私、雨に濡れるのが嫌なので内廊下の方が好きだと思ってたんですけど、ここはなんか嫌な感じです。薄暗いからですかね。出そうな雰囲気じゃないですか？　幽霊」

　言葉にすると本当に〝出そう〟な気がする。山城は応えない。

　実際に出てくれた方が仕事としては良いというのは承知しているが、やはり抵抗はある。

「行こう」

　二人はまず隣室のインターフォンを鳴らす。

　まったく反応がこない。

「留守かな？」

「私、気づいちゃったんですけど」

「何に？」

「今、平日のお昼間です。みんな仕事や学校ですよ」

　小野寺が別に幽霊や怪奇現象に気づいたわけではないことに安堵《あんど》する。

「そりゃそうだ。今時、アポなしの訪問にすぐドアを開ける人っていうのもなかなかいないだろうしね」

「次行きましょう、次」

小野寺に促され、山城はひよこのように後ろをついていく。

そして山城の心の準備も待たずに、肝が据わっている後輩は次々とインターフォンを鳴らしていった。

――俺がバイトで、小野寺さんが正社員みたいじゃないか。しっかりしなきゃなぁ。

この四階フロア、最後の一軒の前に小野寺が立った時、山城は先に手を伸ばした。

すると――。

「はーい。ちょっと待ってくださいね」

スピーカーから女性の声が返ってくる。

こちらから挨拶をする間もなく、通話が切られてしまう。

「いたね」

「いましたね。専業主婦とみました」

山城も言われてみれば、平日の日中に自宅にいる女性は専業主婦の可能性が高いのではないかと思ったが、すでに遅いので小さく頷《うなず》くだけだった。

――この人は何やってる人でしょう？　とかクイズ出してこないのかぁ。

ドアがゆっくりと開く。チェーンがかかっているわけでもない。

現れたのは小野寺の予想通り、いかにも主婦然とした女性だった。小綺麗な恰好《かっこう》をしているが痩せていてどこか不健康そうにも見える。

「どちら様？」

――それはインターフォン越しに聞いた方がよかったんじゃないかな？

人が好《よ》い山城はこういう無用心さに対して、心配になってしまう。

「こんにちは、二つ隣に引っ越してきた山城です」と小野寺が言った。

「わざわざご挨拶？　しっかりしてるのね、お若いのに。新婚さん？」

「はい、先月入籍したばかりです」

山城は咄嗟の機転で夫婦を装った小野寺に感心する。と共に、入籍なんてさらりと口にできることにも驚いていた。彼女は自分なんかと夫婦のフリをするのは嫌ではないのだろうか。

――取材のためなら、このくらい照れずにできなきゃダメってことだろうな。本当にしっかりしてるよ。

せっかく良い状況を作ってくれたのだ。このまま小野寺に任せきりにせず、ちゃんと自分で話をしなければならない。

「どうぞよろしくお願いします。こちら、つまらないものですが」

ここで動揺して新婚のふりもできないようでは一流の編集者にはなれまい。

穏やかに見えるよう、柔らかな表情を作って、挨拶の品を渡す。

「ありがとうございます」

「いいえ。えーっと、お名前うかがってもよろしいですか？」

「加瀬《かせ》です」

「加瀬さんはご家族でお住まいなんですか？」

「主人と二人暮らしなんですよ。主人は仕事に出てますのでね、平日は習い事をしたりしてるんです。今日はおやすみで退屈してたのでちょうどいいところに来てくださって」

小野寺の鋭い視線がほんの一瞬、山城に向けられる。

ここは話を聞くチャンスだからちゃんとやれよ、ということだろう。山城もまた小野寺にだけわかるよう曖昧《あいまい》に頷いた。

「もしお時間あるようでしたら、もう少しお話うかがってもよろしいですか？　実はこの辺りも初めてでわからないことだらけでして」

「もちろん、わたしももっとあなたたちとお話ししたいと思ってたのよ。美男美女だし」

「美男？」

小野寺が小さく呟《つぶや》いて首をかしげた。

――俺が美男でも別にいいだろ。


ほんの一〇分程度話しただけで、山城は加瀬夫人にすっかり気に入られてしまった。

「すみません、夫は編集者をやっているせいか色々と話を聞きたがるもので。失礼があったら私が叱りますので」

「全然失礼なんてことはないのよ。龍彦君、編集者なのね。どうりでお話が上手だと思った」

山城は自分からはあまり口を開かず、むしろ加瀬夫人がどこのパン屋が美味《おい》しいだの、どこのスーパーのが安いだのと一方的にまくし立てていた。その一つ一つに相槌を打っていただけなのだが、いつの間にか話し上手ということになっていた。

「編集者といっても、マニア向けのオカルト雑誌とか怪談集なんですけどね」

「面白い仕事してるのね」

「いやー、面白さより怖さの方が勝ってますよ。もしご存じでしたらこのあたりの土地に伝わる伝承とか、加瀬さんご自身が体験した怖い話とか聞かせてくださいよ」

「それって本に載るの？」

ここまでにこやかに話していた加瀬夫人の眉間《みけん》に少しだけ皺《しわ》が寄った。

——そうなるよな。

オカルト雑誌の取材となるとこれだけおしゃべり好きな人でも少し身構えてしまうのは経験上わかっていた。

それでも取材はしなければならないし、彼女がそれで急に不機嫌になったり、自分たちが追い出されたりするようなことはないだろうとも思っていた。

「加瀬さんがお嫌でなければ、記事にさせていただく可能性はあります。でも加瀬さんのことだったり、住所が特定できるような書き方はしませんよ。記事にする時はちゃんと誌面のデータもお見せしますし」

「やっぱりちゃんとしてるのねぇ、龍彦君は」

ちゃんとしていないという自覚はあるが、取材相手と後輩の手前である。多少はちゃんと振る舞わなければならない。

「でもね、お話ししたいのは山々なんだけど、わたしも引っ越してきてそんなに経ってないから昔から伝わるお話っていうのはわからないのよ。それにこのマンションって駅からそんなに離れてるわけでもないし、割と綺麗なのに空き部屋が多い穴場物件だから、ご近所付き合いっていうのもあんまりないのよね。霊感なんてものもなくてお化けの話もちょっとわからないかな。あ、でも近所の子がこのマンションを指差してお化け屋敷って言ってるの見たことが一回あるかな。今話しながら思い出しちゃった。その時は気にしてなかったけど」

「そうなんですか」

——お化け屋敷、やはりそう言われる何かがあるのか。

「えぇ、あなたたちは長く住んでちょうだいね」

「あー、はい」

せいぜい一か月二か月で出ていこうと思っているとは流石《さすが》に口には出せなかった。

「そろそろお暇《いとま》します。まだご挨拶できてないお部屋もありますし」

「あら、そうなの。また遊びに来てね」

「はい、是非」

「そういえば——」

ふと加瀬夫人が何かを思い出したかのようなそぶりを見せ、二人は黙って次の発言を待った。

「ここからちょっと北に行ったところにある緑ケ沼《みどりがぬま》神社っていうところに、なにかお化け？ 妖怪？ みたいなお土産があったような」

「一回行っただけだから、ひょっとしたら勘違いかもしれないけど。間違ってたらごめんね」

「いえいえ、全然。ありがとうございます」

「本当ですか？」


小野寺がそろそろ会社に戻るというので、二人はマンションの外に出た。

「一人にしか話聞けませんでしたけど、半歩くらいは前進したんじゃないですか？」

「あぁ、そうだね。小野寺さんのおかげだよ。ありがとう。色々芝居も打ってくれて。一人だったらそもそも引っ越しの挨拶をしようっていう発想にもならなかったよ」

「お役に立ててなによりです。このマンションでどんなことが起こったのかと、その妖怪だかお化けだかに上手《うま》くこじつけられる共通点なんてあるといいですね」

「そう簡単にはいかないだろうけど、そうだったらいいな。また手伝ってもらっていいかな？」

「もちろんです。私も気になるので」

外に出て改めて周囲を見渡すと、ちょうど都会と田舎の狭間にあるような場所だと思った。右手には大きな駅と繁華街が広がり、左を見れば野山が見えるといった具合だ。なかなかに住みやすそうな地域に思える。

しかし山城は山の方から響き渡るカラスの叫び声にどことなく不穏なものを感じるのだった。

「駅まで送っていくよ」

「いえ、結構です。この空気の湿り具合と雲行きを見るにそろそろ雨が降りそうです。駅に着くまではギリギリ天気が保つかもしれないですし、私は折り畳み傘を持っていますが、山城さんが帰りに雨に降られてしまうかもしれないので」

「そっか。気をつけて」

「はい、失礼します。明日からは教えてもらった神社とこの辺りの一軒家にも取材範囲を広げていきましょう」

「あぁ、うん」

小野寺は小さく礼をして、駅に向かって去っていった。

その後、彼女の予言通りに豪雨となった。

洗濯機を一回だけ回し、洗濯物を浴室に干すと早めに寝ることにした。


背の高い山城には少し窮屈なパイプベッドに寝転がり、雨の音を聞く。

そういえば、あの日も雨が降っていた。

バイト終わりに寄った定食屋での出来事だ。

「就職が決まったよ」

操山出版では山城の先代アルバイトであり、就職活動をしながらライター兼編集者として出入りしている米田《よねだ》が言った。

いつものことだが、自分のことなのに口ぶりはまるで他人事のようだった。

「おめでとうございます！」

山城は祝いの言葉を口にしたが、寂寥感《せきりょうかん》が確かな形を持って自分の中に現れたのもわかっていた。

操山出版に編集者として残ってはくれないということが確定した瞬間でもあったからだ。

「なんの仕事するんですか？」

「ゲーム会社。総合職で入ったからどこに配属になるかはわかんないけど」

「そうですか」

「ゲーム好きだし、どんな部署でもそれなりに楽しくやれるだろ」

米田は既に食事を終え、山城が食べ終わるのを待っていた。

彼は痩せぎすで不健康そうな風貌《ふうぼう》をしている。しかし、意外にも早食いで山城が先に食べ終わることはなかった。

「社会人になってもライター仕事は副業で続けたいとは思ってるんだ」

「本当ですか？」

「でも今よりももっと操山出版に行くことはなくなるのは確かだな」

「ですよね」

米田はまるで煙草《たばこ》のように爪楊枝を咥《くわ》える。

「お前のことが心配だよ。ミスばっかりだし、ちょっと叱られたくらいですぐ泣くし、オカルト本作ってるのにホラー苦手な臆病者だし」

「いや、叱られても泣いてはないです」

「そうか、泣いてはなかったか。ともかくお前がしょうもない奴なのは事実だろ」

「まぁ、そうですね。恥ずかしながら」

否定はできなかった。

「それにお前もそろそろ就活の時期だろ？」

「はい」

「山城が操山出版に就職するのか出て行くのかは知らないけどさ、今度はお前が次のバイトに先輩として仕事を教えたり、背中を見せていく番なわけだよ」

山城はそう言われて、米田がいつまでもいてくれて、自分がずっと甘えた後輩でいられると心のどこかで思っていたことを自覚した。

「そうですね……そうですよね」

「僕の真似をする必要はないけど、山城は山城なりのやり方でちゃんと後輩を助けてやれよ」

「はい。俺、頑張ります」

その時、山城は自分に後輩ができたら米田のように助けてやろうと決心したのだった。

——今の俺はまだまだ先輩みたいにはできてないな。

それでもこの滞在でマンションや一帯の怪奇現象の謎を解き明かして、良い本を作ることで小野寺に先輩として背中を見せてやりたいという気持ちは強く持っていた。

――俺にだってできるはずだ。

新興住宅地にある自宅――緑ヶ沼マンションのリビングで武藤大樹《むとうだいじゅ》は娘と共に妻と息子の帰りを待っていた。

「お母さんと航大《こうだい》遅いね」

テレビを見ながら娘の悠《ゆう》が言う。その口調はただ事実として「遅い」と言っているだけで心配をしているわけではなさそうだった。

中学生になった悠は幼い頃から老成した子供で、あまり感情を表に出すタイプではなかったが、最近はよりいっそう感情が読めなくなって、大樹は彼女との距離を測りかねていた。

「事故にでも遭ってたら大変だな」

「そうだね」

大樹の言うことに素直に同意はするし、反抗期というわけでもないのだが、あまりにも手がかからないというのも寂しいものだった。

一方で息子の航大は気弱で小学三年生になってもまだ甘えが抜けず、頼りないことにやや不満がある。

大樹は双方の性格が逆であったら何か違っていただろうかと思うことが時々あった。

「雨降ってきたね。お母さんも航大も傘持ってないよね」

「二人が帰ってきた時、すぐにお風呂に入れるように、悠は先に入っちゃいなさい」

「わかった」

彼女は一瞬だけ歌番組を放送するテレビに名残惜しそうな視線を送ったが、反抗することなく風呂場へと向かった。

これが航大であれば「この番組が終わるまで待って」だとか駄々をこねて、なかなか風呂に入らず、大樹が声を荒らげることになる。

窓ガラスを叩く雨の音が強くなってきた。

まるで蜂だかトンボだかの大群が衝突しているような激しい打撃音だ。雨戸が付いていないため、音が直接部屋の中に響いてくる。

わざわざ窓の外を見なくても、相当に雨脚が強いことがわかるが、大樹は立ち上がると分厚いカーテンを捲《めく》った。

しかし予想以上に大きな雨粒がガラスを埋めており、外の様子はよく見えない。

「まだ帰ってきてないんだ？」

風呂上りの娘が言う。今度は明らかに心配そうな口ぶりだった。

すでに時間は八時を過ぎており、門限も過ぎているし、妻もパート帰りに買い物をしているにしても遅すぎる。

――雨宿りしてるのかもしれないな。

「まだだな。お母さんの携帯には何回かかけてるんだけど出ないし」

「いくらなんでも遅いね」

「あぁ。迎えに行ってみるか。悠は入れ違いにならないように留守番してなさい」

「うん」

大樹が車の鍵をポケットに入れて、玄関で靴を履こうとしたところでドアが開いた。

「ただいま」

立っていたのは、妻の美知留《みちる》だった。一度服を着たままプールに浸かったかのように、濡れていない箇所が残っていない。

「ずぶ濡れじゃないか」

「雨すごくて」

「電話くれれば車で迎えに行ったのに」

「うん、迎えに来てもらえばよかったなって、歩いてる途中で気づいた。でももう濡れちゃってたから。結局歩いて帰ってきた」

「とにかくすぐ風呂入りなさい。もう沸いてるから」

美知留が玄関で靴と一緒に靴下を脱いでいるところに、娘がタオルを持ってやってくる。

「はい、これ」

「ありがとね」

「ねぇ、お母さん。航大がまだ帰ってないんだけど」

「え？　まだ帰ってないの？」

三人の表情が一気に曇る。

大樹は美知留が迎えに行っているのだと思っていたし、美知留は美知留で息子はとっくに帰宅していると思っていたようだ。

「航大はどこに行っているんだ？」

大樹は妻と娘のどちらにというわけでもなく尋ねるが反応はない。

二人は顔を見合わせて、小さく首を振る。

「学校と友達の家に電話をしてみて、わからなかったら警察に連絡しよう」

「えぇ」

自分自身はどこの電話番号もわからないので、濡れ鼠《ねずみ》の妻には申し訳ないと思いながらも電話を任せる。

「ちょっと車で航大が行きそうなところを回ってくるから」

「わかった」

「悠は心配だろうけど、明日も学校あるんだから早めに寝なさい」

「うん」

大樹は豪雨の中、最近買い替えたばかりのワゴン車を走らせる。夏休みにはこの車でキャンプに行こうとつい先日航大と話したばかりだ。

ゆっくりと近所の道から学校方面、塾の前をまわっていくが、息子どころか人っ子一人見当たらない。

息子はどこへ消えてしまったのだろうか。

——こんな雨の中、どこかで怪我でもしてたら大変だ。

結局、日付が変わる頃まで捜し回ったが航大を見つけることはできず、一回帰宅することにした。


自宅に帰っても息子の姿はなかった。

美知留が学校と心当たりがある息子の友人の家庭にも連絡を入れたそうだが、手掛かりになるような情報はなく、今晩は一旦帰りを待つということになったらしい。

「また明日捜そう。寝られないかもしれないが、目を閉じて少し休んだ方がいい。流石に小学生が一晩帰ってこないとなったら警察にも連絡を入れよう」

すっかり憔悴《しょうすい》して、一気に五歳十歳老け込んだようにも見える妻と、逆に落ち着き払った人形のように表情が変わらない娘を寝室に行くよう促すと、食卓テーブルに突っ伏した。

大樹は毎日ビールを一本空けてから寝るのだが、この日はとても酒を飲む気になれなかった。少し休んだらまた捜しに出るつもりだった。息子が行方不明になった不安やストレスを酒で誤魔化している場合ではない。いつでもすぐに車に乗れるようにはしておかなければならない。

――明日は仕事休むか。

そして立ち上がろうとしたところ――。

寝室のドアが音もなく開き、妻の美知留が青白い顔をしてリビングに出てくる。頬には涙の跡がくっきりと残る。

神経質な彼女だ。眠れないだろうとは思っていた。

「寝られないのか？」

「うん」

「寝られなくても横になって目を閉じているだけで疲れは多少マシになるって、こないだテレビで観た」

「航大はきっと悪魔に攫《さら》われたんだと思う」

――またか。

妻の突拍子もない発言に対しては、常々家族全員が忍耐を強いられてきた。

彼女は霊感があるのだという。そこに関しては一切信じていない。かといって、今の不安を悪魔だか悪霊だかのせいにしたいという気持ちもわからないではない。

「そうか」

バカなことを言ってないで寝ろ、と怒鳴りつけることもできたが、彼女は今とても傷ついているだろう。

それに自分が彼女の話を真面目に聞かないことで、妄想だけでなく怒りや不満の矛先が娘に向かうのは避けたい。

肯定も否定もしなかった。

「信じてないでしょ？」

――あぁ、信じようがない。

「君と違って、オカルト趣味はないんだよ」

これも常々言ってきたことだ。

やれお祓いだの風水だのと妻が言う度にそう言ってあしらってきた。

「信じなくてもいいけど、本当なの」

「そうか。じゃあ、君は航大は神隠しとかそういうものに遭ったって言いたいわけだ」

「神隠しじゃない。悪魔に攫われたの」

――何が違うんだ。そんなのどっちでもいい。

大樹は辛抱して彼女の妄言に付き合うべきかどうか迷っていたところで、彼女がこう言った。

「航大はもう帰ってこないかもしれない」

「うるさい、もう寝ろ」

大樹は喉を限界まで絞り、美知留にだけ聞こえるように言った。

寝ている娘がいなければ、テーブルや壁を殴りつけ、二軒隣まで聞こえる声で怒鳴りつけていただろう。

「航大はただの家出で、すぐに見つかる」

美知留は何も言わず、大樹の目を虚ろな目で覗き込んでくる。

化粧を落とした彼女は生気が感じられず、長年一緒に暮らしてきた大樹にも不気味で、どこか幽霊じみて見えた。

彼女はそのまま踵《きびす》を返し、寝室へと戻っていく。

ふと視線を子供部屋の方に向けると引き戸の隙間からじっとこちらを見つめる娘の瞳があった。

声を潜めていたつもりだが起こしてしまったのかもしれない。

あるいは肝が据わっていると思っていたが、弟を心配して寝られなかったのかも。大樹にはいつからか娘の考えていることがまったくわからなくなっていた。

「寝なさい」

ため息交じりに言うと、扉は音も立てずに閉じた。

航大を捜さなければ。大樹は再び夜の町で車を走らせることにした。

☾

明け方自宅に戻り、駐車場に車を停めていると、雨がずいぶん弱まっていることに気づく。

一方で妻、美知留の顔は昨晩雨に打たれて帰ってきた時と変わらず濡れたままだった。

食事も喉を通っておらず、ふとした瞬間に泣き出してしまう。

小学生の息子が一晩帰らなかったのだ。無理もない。

「警察で捜索願出したら、すぐ捜しに行くよ」

大樹が慰めるも、聞こえているのかいないのか、妻は頰を伝う涙を拭いもせず、茫然自失している。

「航大も赤ん坊じゃないんだから、ちょっと家出をすることもあるだろう」

息子が家出できるような肝の据わった男ではないことはわかっていたし、捜しに行かなければならないとはもちろん思っている。

だが大樹は何よりもこの広くもなく狭くもないマンションの中に充満する悲愴感に耐えられず、一刻も早く逃げ出したいという気持ちに背中を押され、立ち上がった。

「行ってくるよ」

「私は――」

「家で待ってろ。誰もいなかったら航大が入れ違いで帰ってきた時に入れないだろ。鍵持ってるかどうかわからないんだから」

「うん」


大樹は有給休暇を取得したことは殆どなかった。

新婚旅行以外に使った記憶はない。子供の出産にも立ち会っていない。

あの時は忙しくて、自分がいてもいなくても子供は産まれるのだと言い聞かせて会社のデスクに齧《かじ》り付いていた。

新婚旅行の次に有給を取る理由がまさか子供の行方不明だとは。

――こんなことになるなら、航大の出産に立ち会えばよかった。

なぜかそんなことを思った。

出産立ち会いと今回の行方不明にはなんの因果関係もないのにだ。

――まるでもう二度と会えないみたいじゃないか。

美知留が言う、悪魔に攫われただの神隠しだのについては信じてはいない。

――くだらない。

しかし航大はちょっと家出をしただけで、ひょこっと現れるだろう、とは思えなかった。

オカルトではなく、交通事故に遭っただとか、川で溺れただとかそんな可能性が頭をよぎる。

もう生きて会えないのかもしれない、などとは考えたくなかったが、どうしてもネガティブな想像を拭い去ることができない。

美知留のおかしな言動もこういう不安から来ているのかもしれない。それを上手く表現できないだけで。

もっと優しくしておけばよかった。

もっと遊びに連れて行ってやればよかった。

もっと子供に関心を持って接しておけばこんなことにはならなかったかもしれないし、どこにいるのか見当もつけられたかもしれない。

大樹の頭の中は似たような後悔で埋め尽くされていた。

近所の交番で行方不明者届――今は捜索願とは言わないらしい――に必要事項を記入する。子供の家出などよくあることと軽くあしらわれるかと思っていたが、親切丁寧な対応に大樹は深く感謝した。

データベースに息子の情報が登録され、近辺の警察官も捜してくれるのだという。

何か悪いことをしたわけでもないが、警察官と話すと気疲れする。

気が抜けたのか、少し空腹感を覚えた大樹は目についたコンビニの駐車場にワゴン車を入れる。

ふと助手席を見ると、携帯に着信が来ていた。

発信元は航大のクラスの保護者グループの人であり登録はしているが、今までやりとりをしたことはない。

――田村《たむら》さん、か。

「もしもし、武藤です。お電話いただいたようなのですが」

「もしもし、武藤航大君のお父さんですか？」

「はい」

声の主はどうやら中年女性のようだ。

少し無理をして声音を高くしているのか、どことなく違和感を覚える。

「私、田村と申します。航大君の同級生の健太《けんた》の母親です。同じマンションの」

「あぁ、はい。どうも」

息子の同級生の母親から電話がかかってくるということは想定しておらず、こういう時に口にすべき常套句《じょうとうく》というものを知らなかった。

同じマンションに田村君という同級生が住んでいるというのも初耳だ。

――あぁ、はい。どうも。はないよなぁ。

しかし大樹に連絡してくるには理由がある。

思い当たることは一つしかない。

「もしかして健太君のお宅にうちの息子がお邪魔してたりしますか？」

それならこれで一件落着なのだが――そんなわけがないこともわかっていた。それならば昨日のうちに連絡が来ていないわけがない。

大樹は田村君のお母さんの言葉を待った。

「いえ、うちの子も昨日から帰ってきていないんです。何かご存じではないかと思ったのですが、航大君もですか」

「えぇ。学校には？」

「連絡を入れました」

「ちょうど警察に行方不明者届を出してきたところなんですが、もしまだでしたら健太君も出しておいた方がいいかもしれません」

「あぁ、警察。思い当たりませんでした。ありがとうございます。ちょっと動転してしまいまして」

「いえ、うちも妻が参ってしまってますよ」

「あの、もしよろしければ健太の写真をお送りしますので航大君のついでに捜していただいても」

「もちろんです。二人一緒にいるとは思いますが」

航大の交友関係など知らないし、二人が別々に行方不明になっている可能性もあるだろうとは思うが、そう言うしかない。


結局、この日は航大を発見することはできなかった。

もちろん田村健太君もだ。

大樹は自宅に戻り、ぼんやりとテレビの前で座り込む。息子が見つかった、なんてニュースが流れたりしないものかとも思うが、そんなことは当然あるわけもない。

「ご飯どうする？」

美知留が尋ねてくる。

「ちょっと食べる気しないな」

「だよね」

「悠の分は僕が作るよ」

作ってやってくれ、と言いかけた大樹だが、妻の真っ赤に充血した目とこけた頰を見て、そうは言えなかった。

一人暮らしが長かったこともあり、料理は苦手ではない。

しかし——。

「私が作る」

「大丈夫?」

「そのくらいはやる」

ならばと大樹は娘の食事の世話を妻に任せて自室に引っ込んでおくことにした。

その頃、息子が通っていた小学校ではこの行方不明事件がかなりの大ごとになっており、翌日から志願者による捜索が行われることになった。


そして、一週間が経ち——いまだ二人は見つかっていない。

まばらな拍手を背に楽屋へと戻ってきた鈴木《すずき》浩太郎《こうたろう》が衣装を脱いでいると、劇団主宰者の北《きた》見《み》洋二《ようじ》がやってきた。

「よかったよ」

彼は毎回そう言うが、分厚い髭《ひげ》に隠れた顔からは本当にそう思っているのかわからない。彼が役者に対して、否定的な意見を言うことはあまりなかった。

「いつだって、俺の芝居はいいだろ」

鈴木は着替えの手を止めずに当然のように言った。

そして、役のために下ろしていた長髪を後ろで縛る。

「本がよかったからな。お前が演じやすいように書いてる」

「アホか。オレが上手いから、お前の下手な脚本と演出が成立してんだよ」

そして、一瞬間をおいてから北見は笑った。

「実はちょっと話があるんだ」

鈴木は北見の口調からどうやらあまり良いニュースではなさそうだと感じた。こういう時の予想はよく当たる。そして、鈴木はこういう直感にあまり逆らわず、流れに身を任せることをポリシーとして生きてきた。その方がマシな結果になるような気がするからだ。

「喫煙所行くか」

他の役者には今日はもう帰っていいと北見が告げ、狭くて薄暗い楽屋を後にする。

劇場裏の駐車場の端に、空き缶が置いてあるだけの喫煙所と呼んでいいものかもよくわからないが、劇場関係者が煙草を吸うスペースがある。

二人は煙草を取り出し、口に咥える。鈴木は火を点けるのがとても億劫《おっくう》に感じた。それは北見も同じなのか、動きが緩慢に見える。

二人は黙ったまま一本吸い終わってしまった。

これではただ煙草を一本不味《まず》くしただけだ。

北見が何かを言いたそうに口を開くが、結局声を発することなく黙り込む。

これを三度繰り返したところで鈴木が痺《しび》れを切らした。

「芝居やめんの？」

北見とは大学一年からの付き合いだ。なんとなく彼の言いそうなことはわかる。

変な沈黙が長く続くよりマシだ。

「完全にやめるわけじゃないけど、就職しようかと思ってさ」

「そっか」

——そんなところだろうな。

そして、彼が自分に話すまでの間にずいぶん悩んだだろうことはなんとなく伝わってきたし、引き留めたところで思い留まることがなさそうだとも思った。

正直寂しいが、口にはしない。鈴木は舞台の上や職場ではない環境で自分の感情を表現することが苦手だった。

何者をも演じていない時、なぜか上手く言葉が出ないのだ。

「二五歳までに演劇一本で食えるようにならなかったら就職しようと思ってはいたんだ」

「もう二六だわな」

「そう、自分で決めたルール勝手に破ってた。けど、あともう一年やったら売れるかっていうとそういう感じでもないだろ？」

実際に今日も客席は埋まっていない。ちょっと人気がある学生劇団が埋められる程度の劇場でだ。

「でも完全に辞めちゃったら、一生後悔しそうだし、年に一回とかはやろうと思ってんだ」

二人は二六歳にもなって社会人経験がなかった。

「それはもう決定、なんだよな？」

鈴木は念のため尋ねてみるが、返答なんてわかりきっている。

「あぁ、もう決めてる。辞めるかどうかの相談したかったわけでもないし。しちゃったら決心が揺らぎそうだったからな」

なんとなくそうだと思っていたし、心の準備は煙草一本吸う間にきちんとできていたから取り乱すことはない。

「就職先は決まってんの？」

「いや、まだ。でも何やるかは決めてる」

「へー、何やんの？」

「先生かな、国語の。教員免許持ってっから。別に学校じゃなくて塾とか予備校でもいいな。てか公立校って演劇とかやったらダメだよな、やっぱ？」

「いや、知らねー。でも、副業は禁止なんじゃねーの？　それに公立校だったら、演劇がやりたいなら、演劇部の顧問やれとか言われそうだな」

「あー、それもありかもな。次の世代の演劇人を育てる」

「なんかお前に向いてる気はするな。でも、その汚い髭は剃っておけよ」

「剃るよ、流石に。アーティストっぽい見た目にしておく意味ないし」

「それ、アーティストっぽさの演出だったのかよ」

「剃るのが面倒くさかったというのもある」

そっちが主な理由だったのだろう。

容姿にうるさくない予備校や塾が彼には向いているように思えた。

「こういう時、二人でやってると後始末がなくて楽だな」

劇団といっても、所属は北見と鈴木だけだった。

基本的には客演で他の劇団やフリーの役者を呼んできている。

「そうだな、それに毎回出てくれてる連中も俺たち以外はまだ若いからな。もっと売れそうな劇団の公演に出るようになるだけだろ。俺が辞めたところで大した影響ないよ。たまに俺が趣味で公演打つときに客演として出てくれたら嬉しいけどさ」

「みんなにはいつ伝えるんだ？」

「打ち上げで言うよ。水差すみたいで申し訳ないけどさ。公演中に言うよりはマシだろ？」

「そうだな」

「で、浩太郎はどうする？」

「オレは、どうしようかな」

——知るかよ。オレにはこれからのこと考える時間なんてなかっただろ。

鈴木は自分の行く先をこの場ですぐには決められそうになかった。

こんなにも売れないままだとは思っていなかったし、このモラトリアムの延長の終わりについてはあえて考えないようにしてきた。

「今まで俺のワガママに付き合わせちゃって悪かったな」

北見が申し訳なさそうに言う。髭面の奥が泣きそうになっているのがはっきりと見てとれた。

「別にいいよ。オレだって演劇好きだったし、就職したくなかったしな。今後のことはこれから考えるわ。他の劇団行くか、フリーでやるか、就職するか。パッとは思いつかねーけど」

就職したくなかったのは本当だ。芝居で売れたかった。有名になりたかった。

北見洋二には才能があると信じていたし、今も信じている。

それでも一緒に演劇を続けようとは言えなかった。彼はもう心が折れている。

自分に課した『あと一年だけ』が過ぎ、なんの変化もなかったのだ。

完全に演劇をやめるわけではないというだけで十分だ。

「お前の実家、なんか由緒正しい名家とかじゃなかった？　実家帰ったら？」

「それは無理。実家と折り合いわりーのよ、真面目に働けってうるせーんだ」

しかし、このままというわけにもいかない。

鈴木はスーツに着替え終わる。ネクタイは締めない。

「じゃあ、オレこのあと仕事だから。行くわ」

「あぁ、頑張って」

「頑張りはしねーな。適当にやるよ」

鈴木が歩き出そうとしたところで「なぁ」北見が呼び止めてくる。

「なんだ？」

「お前、納得してる？　未練ないか？」

納得はしていない。未練もある。寂しいし、悔しい。

だが鈴木はこういう時に流れに逆らっても良いことはないと経験上わかっていた。きっとこのまま終わりにするのがそれぞれの人生にとって最適なのだろう。

寂しいが仕方がない。

「このまま続けても良い芝居作れないだろ。潮時だよ」

「さて、どうすっかな」

職場の最寄り駅に着いた時にはすっかり日が落ちて、薄暗くなっていた。

どことなく空気が湿っている。ふと上を見上げるとどす黒く分厚い雲が空に蓋をしていた。

嫌な予感がする。

鈴木はスーツや革靴が濡れることを嫌い、職場へと駆けた。

テナントが入ったビルに一歩足を踏み入れた瞬間、背中に豪雨のザッという圧を感じた。

――この雨じゃ、今日は暇そうだな。

鈴木浩太郎は自らが勤務する店舗『ドラゴン』が入る二階へとエレベーターで上がっていく。

彼は店に入ると、竜牙《りゅうが》という源氏名に変わる。

ここはホストクラブだった。

「お疲れ様です」

内勤の黒服に軽く頭を下げる。

竜牙はそろそろこの店でも古株になってきていた。

「竜牙、ちょっといいか？」

「はい」

社長である雨宮《あめみや》ロン――本名は知らない。ちなみに年齢も――に声をかけられる。

今日はどこでも呼び出しを受ける日だな、と思いながら、ＶＩＰルームへと向かう。

小さなシャンデリアがぶら下がる個室は煌《きら》びやかで、いつ来ても小劇場で燻《くすぶ》っている自分には不釣り合いに感じる。

しかし自身の客がこの部屋を使う時には、持ち前の演技力でまるで自分の部屋のように堂々と振る舞ってきた。

社長がソファ席に座り、自分は入り口に近い椅子を引いて腰かける。

少し考えるも、竜牙は呼び出される理由に心当たりがまったくなかった。

——なんかやったかな。

「オレなんかやらかしましたか？」

「あぁ、別に説教とかじゃない」

雨宮が煙草を一本口に咥える。竜牙は胸ポケットからライターを取り出そうとするが彼はそれを手で制し、自分のライターで火を点けた。

「じゃあ、なんです？　まったく予想がつかないんですけど」

雨宮はゆっくり煙草を味わい、こう言った。

「お前もそろそろ店持つか」

「自分の店？　社長どっか行くんですか？」

「俺はこの店にいるよ。支店作ろうと思ってんの」

実際、この店はこの辺りでは一番の人気店だった。

「なるほど。で、オレがそっち仕切るんですか？」

「と思ってるんだけど、別に急いで決める必要はないし、断ってくれてもいいぞ。管理職よりもまだプレーヤーでいたいとか。そもそも三十歳までにホストやめるつもりとかお前の人生プランもあるだろうしな」

「ありがとうございます。ちょっと考えます」

　悪い話ではない。

　竜牙という名前での仕事は嫌いではなかった。演劇の片手間なので、そこまで真剣に取り組んできたわけでもないが、それなりに稼いではいたし、向いているとも思っていた。

　おそらく自分は稼げるかどうかは別として『鈴木浩太郎』以外の何者かになることに適性があるのだろう。

　かといってこれを一生の仕事にするつもりはなかった。

　――でも、これが天職ってことなのかねぇ。

　演劇は真剣に取り組んでいたし、観客の評価も高かったが結果は出なかった。そして、バイト感覚でやってきたホストは売り上げも好調で、自分の店を持たせてもらえると言われている。

「はぁ。どうしたもんかな」

　小さく独り言《ご》ちる。

　いつもはそろそろ客が来る時間だが、今日はあいにくもあいにくの豪雨だ。客足も少ないだろう。

この悪天候の中で常連の姫を呼びつけるようなことをするつもりもなかった。

じっくり考える時間が取れそうだ。

竜牙は壁に凭《もた》れ掛かり、来るかどうか迷っている常連客に今日は無理しなくていいという連絡を入れながら、これからの人生について思いを馳せる。

これまでずっと、役者として成功し、有名になってテレビドラマやバラエティ番組にも引っ張りだこになるという夢を抱いて生きてきたのだ。

ホストクラブ経営というのも面白そうではあったし、それなりに上手くやれそうなイメージも湧くのだがしっくりは来ていなかった。

――やっぱり役者に未練があるのかもな。でも流れに身を任せるなら、社長の提案受けるのがいいいか。

「竜牙さん、三番テーブルご新規です」

「あぁ」

黒服に呼ばれ、竜牙はちらりと新規客の方に目をやる。

仕立ての良い服を着た派手な女性だ。パッと見は三十過ぎくらいに見えなくもないが、実年齢は四十前後といったところか。

経験上、あのタイプは会社経営か管理職で、自分の財布からそれなりの額を使ってくれる常連になる可能性が高い。

一旦、自身の将来のことは置いておいて、力を入れて接客をした方が良さそうだと気持ちを切り替える。

「はじめまして、竜牙と申します」

名刺を差し出すと、女性はそれをつまらなそうに片手で受け取るとぞんざいにテーブルに放った。

「どうも」

女性に値踏みするようにじろじろと見られるが、竜牙は特に何も感じない。

今回は初回客だから安価だが、今後も通うとなると高い金額を払うことになる。ホスト選びで失敗したくはないという気持ちはわからないでもないが、どことなく投げやりな態度に違和感もある。

「どうですか、楽しんでますか？」

「ぼちぼちかな。あなたの前に来た子は初々しくて可愛かったけど、いかんせん話がつまらなくてね」

「それは失礼しました」

「おかわり。あなたも飲みなさい」

女性に差し出されたグラスを受け取り、焼酎の水割りを作る。

「乾杯」

竜牙はほぼ水といってもいいほど薄く自分の酒を作って、呷《あお》りつつ彼女を観察する。

彼は彼で女性を値踏みしていた。

化粧と薄暗いホストクラブの照明で殆ど視認はできないが、目の下にうっすらと隈《くま》が見える。やはり旦那の財布で遊んでいる暇を持て余した主婦というわけではなさそうだ。激務をこなして自力で稼いでいる客はそういう傾向にある。

「あなた、その髪はわざと伸ばしているの？」

竜牙の後ろでまとめた長髪を指して尋ねてくる。

「好きで伸ばしているわけでもないですけどね。必要があれば切ることに抵抗はありませんね」

「ふーん」

最初に触れるのが髪というのが引っ掛かる。竜牙の前にこの席についた——彼女に指名されたホストの髪は長くない。長髪好きで、髪が長めのホストを選んだのであれば、この質問にも納得がいくのだが。

やはり普通の客とは違う。竜牙はこの女性との会話は失敗してはいけないという予感があった。こういう勘はよく当たる。

「ホストクラブにいらっしゃったのに、遊ぶというより違うものを探しているような目をしていらっしゃいますね」

「へぇ、そんな風に見える？」

「ええ、なんとなく」

「たとえば？」

ここでの発言が肝になるだろう。

「スカウトとか、ですかね。ダメですけどね、他店への引き抜きとか」

「近からず遠からずかな。別にこのお店でスカウトしようっていうつもりはないのよ。でも、仕事で必要な人材を探してたのはそう。ストレス解消のつもりで来たのに、その意識が抜けてなかったのね」

「なるほど、そういうことってありますよね」

あまりお客のプライベートにこちらから突っ込んだことは質問できないが、芸能事務所や映像制作のような仕事なのかもしれない。

「じゃあ、一回仕事のことは忘れて全然関係ない話しましょう」

「そうですね」

「あなた幽霊って信じる？」

竜牙にはわかる。これは仕事と全然関係ない話ではない。彼女の仕事に関係することだ。今、この瞬間に彼女が仕事で探しているものと、幽霊との関連についてはわからない。

わからないのだが……ここの返答が自身の運命を変えるという確信があった。

竜牙は運命がこの女性の方に流れるのであればポリシーに沿って身を任せようと決めた。

そうでないなら社長の提案を受けて、店を持とう。

「信じるも信じないもないですね。オレ、幽霊見えるんで」

「へぇ」

竜牙こと鈴木浩太郎のこの返答を聞いたまだ名も知らない女性は初めて笑顔を作って言った。

「あなた、面白いね」

そう言って、彼女は名刺を差し出してきた。

――これはもらった、か？

竜牙はそれを手に取って、自分の勘が当たっていたことを知る。

――株式会社テレビ大都《だいと》　コンテンツ制作局　コンテンツ制作部　プロデューサー　織田《おだ》夏《なつ》美《み》
「あなたの霊感が本当でも嘘でもいい。わたしと組みましょう。あなたを有名人にしてあげる」

「今日も観てくれてありがとう。おやすみなさーい」

冴木早菜《さえきさな》はカメラに向かってそういうと、配信を終了した。

この日は緑ヶ沼マンションに引っ越してきて、はじめての配信だったため、引っ越し祝いとして視聴者から大学生としては破格のドネーション——投げ銭をもらうことができた。

ずいぶん前に動画配信で得られる利益は親からの仕送り額をはるかに超えてしまったが、親にはそのことを話してはいない。

とっくに親の扶養は外れてしまっている。扶養を外れると告げた時、両親は色々と訊きたそうな素振りは見せてきたが、気づかないフリをしてやり過ごした。

そして大学卒業までという約束の仕送りはいまだに継続されている。

おかげで高性能のパソコンやカメラといった配信機材を揃えることができているし、こうして奇妙な建築物や曰くつき物件を転々とすることもできた。

配信の緊張感から解放されると途端に周囲の音が気になってくる。

——うーん、とんでもない天気だなー。

本来なら早速この辺りの心霊スポットにロケに行こうと思っていたが、あいにくの大雨だ。とてもではないが外に出られない。

雨戸がついていないので、窓ガラスからダイレクトに雨の衝撃が伝わってくる。

――窓割れたりしないよね。

そんな風に思ってしまうほどの豪雨だ。徒歩一分圏内のコンビニまでも行く気が起きない。

大学の課題は溜まっているがどうにもやる気が起きないし、かといって他にこれといってやるべきこともないので、早菜はここに引っ越してくる前に録り溜めていた動画素材の編集をして時間を潰すことにした。

『サーナの不謹慎ちゃんねる』

彼女が運営する動画配信チャンネルである。

本名とまったく違う名前にしてもよかったが、視聴者から呼ばれる度に違和感を覚えるのが嫌で、サーナと名乗っている。

動画のサムネイル制作やテロップ入れは今となっては外注に出しているが、動画のどこを使うかは今でも自分で判断していた。

人気のコンテンツは『○学生にしか見えないわたしが○○で飲酒』という企画だ。

早菜は低身長で童顔、さらに黒髪ボブということもあり、実際は二十歳だがいくら化粧を濃くしても中学生か時には小学生にすら間違えられる。

その容姿を悪い方向に活かしたのがこの企画だ。

時にはランドセルを背負って、未成年が入れないクラブや深夜営業の店舗に行って、飲酒をしたり、時には喫煙をしたりといったところから怖そうな人にインタビューをして、「好きなお薬は？」なんてとんでもないことを訊いたりするのだ。

そして一通りの不謹慎行為を働いた今のお気に入りはオカルトスポット——事故物件や廃墟である。

当然、批判的なコメントも山ほど来るのだが、再生回数と熱狂的なファンによるドネーションで大金が稼げる以上、強靭《きょうじん》な精神力を持つ早菜はそれに対しなんら傷つくことはなかった。

早菜はメモを片手に画面に映る自分の姿を見つめる。

「はじまりました。サーナの不謹慎ちゃんねる。今日は最恐心霊スポットにやってきましたー。ここは地元でフランス屋敷と呼ばれている廃屋なんです。怖いですね。でも、入っちゃいます。ちゃんと撮影許可は取ってますので皆さんは真似しないでくださいね」

と画面の向こうの自分は言うわけだが、実際には心霊スポットでもなんでもない。

それっぽい適当な空き家の前で撮影している。

もちろん撮影許可など取っていないが、どうせ後からモザイクをかけるから問題ないと考えていた。

次に開いた動画データでは建物の中に移るが、先ほどとはそもそも場所自体が違う。

二か所での撮影を一か所に見せかけているのだ。

そしてこちらは廃墟風の撮影スタジオできちんと利用料を払っている。

「この廃墟、もともと住んでいた人が置いていったのか、無人になってから誰かが置いていったのかわからないフランス人形があるんですけど、動くという噂なんですね。こわいですね――」

実際のところ、本当の心霊スポットだって早菜はあまり怖いとは思っていない。

「怖いんですけど、視聴者の皆さんに楽しんでもらいたいですからね。奥に進んでみたいと思います」

事前にどこに何が配置してあるのかはわかっているが、動画を盛り上げるためにわざと躓《つまず》いてみたり、自分の影を見て小さな悲鳴を上げてみたりする。

そしてある程度の時間が稼げたと判断したところで、人形を設置していた部屋へと足を踏み入れる。

と同時に――。

「ひっ」

もとからこの廃墟風スタジオに設置してあったものか、前の利用者が忘れていたのに気づかなかったのか早菜が置いていたものとは別のクマのぬいぐるみが足元に転がっていたのだ。

――結局、これなんだったんだろ。今思い出しても腹立つなぁ。

「可愛いぬいぐるみですけど、やっぱり廃墟で見るとどうしても怖いなって思っちゃいますね」

そのまま最奥部の椅子に腰かけさせていた古いフランス人形――中野《なかの》で仕入れてきた――をテグスを引いて、倒れさせる。

「きゃっ」

少しわざとらしいような気もしたが、二度目で少し慣れたのだと視聴者も解釈するだろう。

そして仕掛けを外し、再び椅子に腰かけさせる場面をカットする。

「さて、こうしてやってきたので、このフランス人形ちゃんとクマちゃんと一緒にお酒を飲みたいと思いまーす」

早菜はたまたまそのスタジオにあった一脚の椅子に腰かけるとアルコール濃度の高いチューハイ――の中身を水に入れ替えたもの――を呷る。

その場にわざと溢《こぼ》したり、フランス人形の手に煙草を持たせてみたりと悪い方向に話題になりそうなことを済ませて撮影を終えていた。


「まぁこんなものかな」

使用素材をまとめると、外注先にサムネイルとテロップを発注し、ヘッドホンを外し、パソコンの電源を落とした。

少し前まではすべて自分一人で編集していたが、今は他人に見られては困る部分をカットし、どの部分を使用するかまでは決めるが細かい作業は外注するようになっていた。

今はまだ視聴数が稼げているが、そのうち飽きられてしまうだろう。

より価値を高めるために、本当に心霊現象の噂がある物件や事故物件に引っ越し、動画内容を過激化する方向に舵を切ったが、また次の企画も考えなければならない。

しかし、動画の編集中は気づかなかったが、窓を叩く雨音がいい加減うるさく感じてきた。

――台風来てるんだっけ？

早菜はカーテンを開けて、窓の外を見ようとして思わず後ずさる。

「うっ」

窓にびっしりと手形のような汚れがついていたのだ。

危うく腰を抜かしそうになるもただの清掃業者のミスで残っているのであろう汚れ程度でもネタにはなると、スマートフォンで動画を録り始める。ガラスに映った彼女の顔は満面の笑みを浮かべていた。

早朝に雨音で目を覚ます。

一晩経っても雨はまだ降りやまない。昨晩よりは弱まっているような気はするが、それでもまだ小雨とも言えない。

山城はしばらく出社しなければならない用事もないので、リモートワークで溜まっている仕事を片付けることにした。

ほぼ自宅から出ることなく本が作れるというのは便利だが、山城は出社して会社で社長や他の社員たちと無駄話をしながら働くのが好きだった。

存在しないと信じたいが幽霊と二人きりで薄暗い部屋で仕事をしなければならないというのはどうにも気が滅入る。

怪談集のゲラのPDFデータを外部校正に出したり、ライターから送られてきた雑誌のインタビュー記事のチェックをしたりする。

これらの仕事は社長や今は外部編集者として出入りする米田先輩の企画だ。自分自身の仕事とは言えない。楽な作業であっても〝食わせてもらっている〟立場であるということをふと自覚した瞬間に辛くなる。

どうにも集中しきれないが、他にできることもなければ、この雨で外出しようという気も起こらない。

この家に食料はないが、豪雨の中で外に出るくらいなら空腹に耐える方が良い。


朝から昼過ぎにかけて、自分の手が届く範囲の仕事を済ませた山城はこの不気味な物件への転居を命じてきた矢田部社長に一通のメールを送る。

内容は、ただこんなところに放り込まれても進展しない、逃げ出したりはしないのでここで何が起こったのかわかる範囲で教えてほしいというものだった。

するとメールへの返信ではなく、スマートフォンに着信がきた。

「はい、山城です」

「おう、ちょっとはやる気出たみたいだな」

「やる気は最初からないわけじゃないです。むしろかなりあります。ただ、現状だと何もとっかかりがないので何かヒントがあればなって」

「いきなりヒントを聞いてくるなよ。報告が先だ」

「えーっと、引っ越しの挨拶を兼ねて、ご近所さんに聞き込みをしようということになりまして。小野寺さんとこのフロアの部屋を回りました。でもやっぱりあんまり良い噂のないマンションだからなのか、空き部屋が多いみたいで話が聞けたのは一軒だけです、今のところ。近所の神社に何かお化けだか妖怪だかのお土産が売っているらしいので、晴れたら神社に話を聞きに行くつもりです。何か手がかりになるかもしれないので。とはいえ、やっぱりこのマンションがなんで事故物件ってことになってるのかは知りたいんですよ。楽をしたいんじゃなくて、良い本を作るための素材は一つでも多い方がいいですし」

山城は時間をかけ、ゆっくりと整理しながら話をする。そして、矢田部社長はその間黙って話を聞いていた。

「なるほどな。多少は頑張ってるらしいってのはわかった。じゃあ、質問に答えてやる。そこのマンションな、幽霊を見たっていう人が続出したらしい」

「曖昧ですね。過去に凄惨な殺人事件が起こったとか、そういうのは？」

「ない。というかわからない」

——具体性ゼロ。使えないなぁ。

という心の声を聞いたかのように続けざまにこう言われる——。

「だからそれをお前が調べるんだよ。なんでそのマンションで幽霊の目撃情報が出てきて、人が出ていくのかわかったら一冊良いの書けるだろ」

「それもそうですね。俺が書くかどうかはまぁ別として」

山城は書籍一冊書ききったことはないし、自分でも書けるとは思っていない。基本的には作家やライターに任せている。

しかし今回はやっと任せてもらえた大きな仕事だ。社長の期待にも応えたいし、米田先輩も安心させたい。そして小野寺にも尊敬されたい。

「せっかく優秀なバイトをそっちに寄こしてるんだからうまくやれよ」

「小野寺さん、優秀ですなぁ」

「なんだ、その含みのある言い方。お前、小野寺が美人だからって手出すなよ」

含みなどない。心の底からそう思っている。

「出さないですよ。というか出せないですし、相手にもされないでしょ。優秀過ぎて惨めな気持ちになるんですよ。俺、大学生の頃、あんなんじゃなかったからなー」

「いいじゃねーか。お前みたいなボンクラはあのくらいしっかりしたのに引っ張ってもらうくらいがちょうどいいだろ。あいつがそっち行ってなかったら、今ごろまだ部屋の端っこで震えてただろうな」

――ありえ……なくも……いや、ないない、それは。

さすがにそこまで愚かではないとは思うが、言い返すことはできない。

「俺が引っ張りたいんですけどね、先輩として」

「じゃあ、引っ張れるようにもうちょっと頑張れ」

「わかりましたよ」

「あ？　ちょっと待て」

社長の声が電話口から遠のく。社員の誰かと話しているようだが、山城には聞こえない。

――俺になにか用事ある人いるのかな。

「おい、山城」

「はい、なんでしょう？」

「晴れてきたから、小野寺がこれからそっち行くってよ。家で大人しく小野寺先生の到着待ってろ」

窓の外を見ると、いつの間にか雨は止んでいた。

小野寺が来ると聞いて、山城はぐっと背筋を伸ばす。昨日やり込められ、社長にもそれを見透かされているのだ。今回は多少なりとも先輩らしいところを見せなければならないという緊張感が走る。

「わかりました。俺がバイトで、小野寺さんが正社員みたいなんだよなー。でも俺もやれるってとこ見せられるよう頑張りますよ」

「その自覚があれば大丈夫だろ。たしかにあいつはしっかり者で頭の回転も速いが、まだ学生なんだ。ちゃんと先輩やってやれ。じゃあな」

電話は一方的に切られた。

——よし、やろう。


山城は小野寺が来るまでに一回顔を洗おうと立ち上がる。

洗面所の扉を開けようとしたとき、何か嫌な気配を感じた。

何かが軋《きし》むような音がする。

ギシ、ギシ、ギシ。

リフォームされているがどこか老朽化している箇所があるのかもしれない。

昨日から鳴っていたのだろうか。あの豪雨で音がかき消されていて気づけなかっただけで。

わからないが、不気味な気配を感じる。

やる気があっても恐怖心が消えるわけではない。

しかしちょっとした物音に怯《おび》えて、洗面所に入れなかったとあっては笑い者だ。

唾をのみ込み、軽く歯を食いしばる。

山城はゆっくりと扉を開く。

しかし、洗面所には特に異変はなかった。

明かりを点け、洗面台の前に立つ。

ギシ、ギシ、ギシ。

またあの音だ。

——どこだ?

山城はまず鏡を覗き込む。しかし、何も映ってはいない。

ギシ、ギシ。

——風呂場だ。

この音の反響は浴室だろう。

浴室には昨日の夜、洗濯物を吊って浴室乾燥機を使ってからそのままだ。扉も締めっぱなしのはずだ。

山城は真っ暗な脱衣所の電気を点ける——。

摺りガラスの向こうに明らかに洗濯物とは違う黒い影が揺れている。

——あ、あれ。

視界に映った影は、浴室に渡されている浴室乾燥用の物干し竿で小さな人間が首を吊っているようにしか見えなかった。

影は不自然にゆっくりと左右に揺れている。

ギシ……ギシ……。

まるでスロー再生されているようだった。摺りガラス越しにその人影が回転し、こちらに向き直る。

摺りガラス越しに顔色が明らかに赤黒くなっているのがわかってしまった。そして、こちらを見ている。

明かりを点けてしまったら……目が合ってしまうかもしれない。

「ううう」

恐怖から思わず呻《うめ》いてしまう。

だが、逃げはしない。

山城はなけなしの勇気を振り絞り、震える手でノブに手をかける。

万が一、億が一、本物の人間が首を吊っていたらどうする？

開けないという選択肢はなかった。なんとか扉を開けるが——そこにあるのは僅かな洗濯物だけだった。

山城は自分が幽霊を見たのだと確信すると同時に恐怖心が爆発し、太ももががくがくと震えだし、噛みしめていた奥歯がカチカチと音を立てる。

——あぁ、やっぱり。

摺りガラス越しでよかった。目が合っていたら耐えられなかったかもしれない。

あの物干し竿が軋む音と、ゆっくり揺れる黒い人影が脳裏に焼き付いている。

今夜は寝られそうにない。

——とにかく外に出なくちゃ。

山城は震える脚でよろつきながらも、洗面所の外に出ようとする。

「ひぃ」

山城は洗面所の外で待ち構えていた新たな影に驚き、今度こそ腰を抜かし、へたり込んでしまった。

「山城さん？　大丈夫ですか？」

「あ、あぁ、うん」

「今回はピンポン鳴らしましたよ。返事なかったので合鍵で入ってきましたけど」

「そっか。全然気づかなかった」

小野寺は床に転がっている山城を数秒観察した後に言った。

「当てていいですか？」

――当てる？　あぁ、何が起こったのかクイズみたいに当ててみせるってことか。

「どうぞ」

「やっぱり昼間でも心霊現象って起こるものなんですね。ってことで合ってますか？」

「正解だよ」

「お風呂ですか？」

「そうだよ」

洗面所への入り口をふさぐ形で座り込む山城を跨《また》いで小野寺は浴室へと向かう。

「山城さん、自分でドア開けて確かめたんですか？」

「そうだよ」

「一人で？」

「あぁ、そうだよ」

「へぇ、カッコいいじゃないですか」

――カッコいいわけないだろ。

そして彼女は浴室を覗き込む。

「流石にもういなくなっちゃってますけど」

「怖くないの？」

山城は半ば呆れ気味に言う。

「怖いですよ」そうは言うが小野寺は平然としているように見えた。

「でも躊躇《ちゅうちょ》なく見に行けるのすごいよ」

「今は山城さんがいますからね」

彼女は事もなげに言った。

自分のような人間でも後輩に頼られると嬉しくなる。しかし、情けない恰好をしている。

「こんな腰抜かしてるダサい先輩なんだけどな」

「あ、お化けが出てきても、腰抜かしてるダサい先輩が襲われてる隙に逃げられるって意味です」

小野寺はそう言うとくつくつと笑った。

「ひどい後輩だよ」

山城は下半身に力が入ることに気づいて、立ち上がった。

「さ、行きましょう。調査の続きです。あれどうしました？　生まれたての子鹿のようですよ」

「大丈夫だよ。気にしないで」

脚に痺れを感じながらも、小野寺の後ろをついていく。

「歩きながら、さっき見た心霊現象について詳しく教えてくださいよ」

「はぁ」

できれば外泊したいし、この家に帰ってきたくないが、そういうわけにもいかない。

——でも風呂だけは銭湯で勘弁してもらおう。


外に出ると少し息苦しさを感じる。雨あがりで湿度が上がっているのだ。

山城は自身の毛髪の曲線の角度が強くなっていくのを感じる。

「髪の毛やばいな」

「湿気で曲がるってことですか？　山城さん、もとがパーマだからわからないですよ。それ天然ですか？」

「いや、人工。パーマかけてる」

「じゃあ、いいじゃないですか」

「違うんだよなー。理想の曲線ってのがあんの」

小野寺は訝《いぶか》し気に首を傾げた。

山城は髪型にはこだわりがあるのだが、一年の間で数日しか最高だと思える日はない。今日は最悪に近い状態にあるが、一旦気にしないことにした。

「緑ヶ沼神社に行きましょう」

「昨日、加瀬さんに聞いたところだ」

「はい、事前に調べたところによると祀《まつ》っているのかどうかはわからないですが、河童《かっぱ》をマスコットキャラクターにしているようです」

「へぇ、そうなんだ」

「あと宮司さんにお話をしてもらえるようにアポもとってあります。小さい神社なので、直接対応していただけるそうですよ。今日は特に御祈禱《ごきとう》の予約なんかも入ってないということで」

「おいおい、優秀過ぎかよ」

「下っ端として当然のことをしたまでですよ」

山城はよく仕事でも取材をするのだが、事前にアポイントを取るということを失念していた。小野寺が学生バイトとしては優秀過ぎるのも問題だが、山城自身が優秀ではなさすぎるのも頭が痛い問題だ。

「アポの時間まで余裕があるので、一軒家に聞き込みもしながら行きましょう」

「そうだね。でもそこのマンションに引っ越してきましたって挨拶に行くの不自然じゃないか？　そんな奴いないだろ」

「あぁ、それなら大丈夫です」

そう言って、小野寺は建設中の一軒家を指さす。

「あそこに引っ越してくるってことにしましょう。工事の騒音でご迷惑をおかけしますとか言えばいいんです」

「嘘じゃん」

「それがバレる頃には山城さんはもうあのマンションから退去しているので大丈夫です」

——大丈夫かぁ？　それはいいのか？　でも、粗品渡すしなぁ。

小野寺は先回りが行き過ぎていて、遥か先まで行ってしまうことがある。

早歩きで半ば出来上がっている新築の前まで行った小野寺が引き返してくる。

「まだ表札はついていなかったので、名前は適当で大丈夫そうです」

偽名を使うということに抵抗はあったが、山城は他に何か良い案があるわけでもないので、大人しく彼女に従うことにする。

「じゃあ、行きましょう」

「わかった」


数軒、小野寺が見繕った一軒家に粗品を配り、ちょっとした雑談を交わしながら神社へと二人は向かっていく。

「これといって良い話は聞けないなぁ」

「いいんですよ、別に。私たちみたいに変な出版社で働いてる人間はともかく、普通の人たちは日常生活の中でお化けとか都市伝説のことなんて考えたりしませんからね」

「そりゃそうだ」

「もともとただの時間潰しでしたからね。今日のメインイベントはこれからですよ。それにこうやって顔を売っておけば、何か思い出した人が良い情報をくれるかもしれません」

「なるほどね。そういえば、どういう基準で話聞く家選んでたの？　なんか、ここはいいとかここはダメとか言ってたじゃん」

「私なりに意味があって訪問先を決めてましたが、現時点では正解か不正解かなんともいえないです」

「どの家でもロクに成果はなかったんだから、不正解なんじゃないの？」

「まだわからないですよ。ま、いずれ教えます。今は言っても意味ないので」

「そっかー。正解発表される前に当ててやりたいな」

山城がそう言うと小野寺は切れ長の目を少しだけ見開いた。

「そういう姿勢は良いですね。自分で考えようとする人はかっこいい人だって思ってます、私」

彼女の淡々とした口調は本気とも冗談とも判断つきかねたが、山城は気恥ずかしくなった。

そして二人は神社に辿り着く。住宅街の中に突如現れたそれは昔からあるはずなのに、後から空いたスペースに押し込んだかのような異物感があった。

「本当に河童のキーホルダーとか売ってるんですね」

「御朱印帳はちょっと可愛いな」

「山城さん、御朱印好きなんですか？」

「いや、全然。小野寺さんは？」

「好きではないですけど、クイズで出てきたら困るので有名なデザインは神社とセットで覚えてますね」

「なんだよ、それ。頭がクイズに支配されすぎだろ」

山城は彼女のことがこの短期間でなんとなくわかってきた。

なんでも先回りしてしまうのは、他人との会話すらもクイズのように捉えているからなのだ。先読みして正解を出そうとするし、会話の中に問題を入れこもうとしてくる。

そう思うと、小野寺のことが少し可愛く思えてきた。

すると——。

「あなたたち、来てたのね」

買い物帰りらしき加瀬夫人に声をかけられる。

「どうもこんにちは。教えていただいたので早速取材に来てみました」

山城がにこやかに言う。

「私ね、あなたたちにここの話してからも頑張って思い出そうとしてたんだけど、なんの妖怪だったか全然思い出せなくて、どうしても気になって確かめに来たの。インターネットで調べてもよかったんだけど、せっかくだから散歩がてら」

「そうなんですね」

「もう忘れないようにぬいぐるみ買ったのよ」

そう言って、加瀬夫人が取り出したのは小ぶりな片手で持てる程度の大きさの河童だった。

「なんだかカモノハシみたいですね。ぬいぐるみだと」

小野寺がしげしげと見つめながらそう言った。確かに緑色のカモノハシに見えなくもない。

「本当ねぇ。意外と河童の起源ってカモノハシなんて説もあるのかもしれないわね」

「たしかにありそうですね」

山城は一理あると思い、同意した。そして、加瀬夫人はこの後約束があるとのことで、ここで別れた。

「山城さん」

「なに？」

「河童は実はオオサンショウウオ説というのはありますよ。カモノハシは聞いたことないですけど」

山城は少しがっかりした。

――オオサンショウウオかぁ。カモノハシの方が絶対可愛いだろ。

「そろそろ社務所に行きますよ。約束の時間ぴったりです」

「有益な話が聞けるといいんだけどな」

「ですね」

そして社務所で巫女《みこ》さん――アルバイトの女子大生だそうだ――に奥に通してもらう。

社務所は新築の匂いがする。最近改装されたのかもしれない。

出版社の取材ということで、意外にもきちんと歓迎された。

ソファに腰かけ、出されたお茶を飲んでいると五分も経たず、痩せた男性が現れた。

男性の頭は総白髪だが、若い頃は整った顔をしていたのではないかとは思わせる風貌だった。

しかし、今の年齢のほどはまったくわからない。四十にも五十にも六十にも見える。

「お待たせしました」

「操山出版の山城です」

「アシスタントの小野寺です」

山城は名刺を差し出す。正社員になったことで名刺を作ってもらえたのだ。山城を操山出版に誘った大学の先輩——米田は学生バイトの立場でも名刺があったそうだが、それについては深く考えないことにしている。

そして、小野寺もまた名刺を作ってもらえそうな予感がしているが、そのことについても考えないようにしている。

「取材なんて滅多にこないので緊張しちゃいますよ」

そう言って宮司は穏やかに微笑んだ。

——校長先生って雰囲気だな。

「うちはそんな緊張されるような大した出版社ではないですよ。メインが変なオカルト雑誌とかの類なので。今日もこちらの神社のお土産の河童について聞かせていただきたいなと」

「妖怪の本ですか？」

「この近辺の民話というか伝承というか。あと都市伝説とかについてのルポルタージュ、になりそうです」

「なるほど。少しはお役に立てるかもしれません。どこにでもあるような話かもしれませんが」

「へぇ、そうなんですか？」

小野寺が口を挟む。その口調はどこか馬鹿にしているようにも感じた。本当に〝どこにでもある〟話をされることはないだろうに。

「えぇ、おそらくどこかで聞いたことがあるような話になるとは思います」

「全然かまわないですよ。俺たちが聞いたことあっても、読者が聞いたことなければそれで本や記事になりますからね。珍しいことを言おうとか、面白いことを言おうなんて思わないでください。近所の子供に聞かせるような感じでお話しいただくくらいでちょうどいいです。俺、頭の回転速くないんでむしろそのくらいでちょうどいいかも」

「あはは、出版社の社員さんなんだから優秀でしょう？」

小野寺が苦笑いで首を傾げる。

――おい。

ともかく、宮司が話しやすい雰囲気は醸成できたようだった。

しかし――。

「本当に大した話ではありませんでしたね」

小野寺を駅まで送る途中、神社が完全に視界から消えたところで彼女が言った。

――とんでもないこと言うなぁ。

しかし山城はこの小野寺の少しだけ意地悪なところが人間味があって好きだった。

「そういう言い方するなよ。でももうほぼ真相に辿り着いたとも言えるんじゃないの？」

「意味はありましたよ、もちろん。でもこの話を真相として本にするにはショボくないですか？」

宮司によるとこの神社がマスコットキャラにしている河童は水害のメタファーであるらしい。

この辺りは底が深い沼や水流が速い河が多く、かつて水害対策がまだ完璧ではなかった頃はよく事故が起こっていたという。沼や川の深みに足を取られ、溺れる人間が多く、さらには死体が上がらないこともあり、それを河童の仕業として水辺に近づかぬよう子供を脅していたのだ。

「死体が上がらない、という話もあります。それはどうやら事実のようですが、怪奇現象というより、地下で水脈が繋がっているというようなことのようですね。行方不明者が海で見つかったというのは聞いたことがあります」とも言っていた。

水害や水辺の事故の原因は、河童の存在を忘れ水辺を汚した祟《たた》りだということで、河童のことを忘れないようにとここの神社の端の河童塚で祀ってもいるらしい。

塚といっても大仰なものではなく、ちょっとした石碑程度のものだった。

実際、各地でよく聞く話であり、特別珍しいものでもない。

かなり昔からこの地域に伝わる話でいつから神社でマスコット的に使っているのかも定かではないとのことだった。

「でもさー、なんで水害のメタファーが妖怪なんだろうね？　普通にさ、あの辺の沼地は深くなってるから近づいちゃダメだよって言えばよくね？って俺は思っちゃうんだけど」

山城は首を傾げる。

「なんでだと思います？」

余計な疑問を抱いたばかりに急にクイズが出題されることになってしまった。

過去の記憶の中に手がかりがないか、頭の中の引き出しをひっくり返してみるが、こういった雑学のような知識は殆ど入ってはいなかったし、かといって知識の欠如を補えるほどの推理力も持ち合わせてはいない。

「全然わかんないな。リアルな話をした方が絶対怖いじゃん」

「それだと広まらないからですね。別に妖怪話にすることがベストな方法って言っているわけではなくて、色んな手段をとる必要があったんですよ、昔は。なぜだと思います？」

小野寺はいきなり解答を提示するのではなく、山城を正解に導くように話す。

〝昔は〟をわざわざ強調してくれているのにもちゃんと気づいている。

「昔は色んな手段をとった方がよかったってことだよな」

小野寺は穏やかに微笑みながら頷く。

「あー、なんとなくわかった。インターネットもないし今ほど情報が拡散しないから、その時にできる色んなやり方で危険を伝えてたわけだ。で、その一つが妖怪なんじゃないの？　それなら子供が怖がって近づかなくなるかもしれない」

「そういうことですね。一番ポピュラーなのは地名で警告する方法だと思います。たとえば蛇という字がつく地名は土砂崩れが多発していたとか。まぁ、そういう縁起の悪い地名は土地の価値も下げますし後々になって変えられたりもしたみたいですけどね」

「なるほどなぁ。確かにそういう知識があると、注意深くもなったりするか」

「この辺りではこの神社が伝えているので河童の話が今も残っているんだと思います。私が前に話した手を濡らしてくる子供の怪談も河童の派生なのかもしれないですね」

山城は後輩のおかげで自分が少し賢くなれたような気がした。


さらにそれだけではなく、宮司とのやりとりの中で山城が遭遇した怪奇現象の考察の手がかりになりそうなネタもあった。

たしかこんなやりとりだった——。

「このあたりで心霊現象の噂とかも聞くんですけど、そういうのについては何もご存じないですか？」小野寺が尋ねた。

「え？　心霊現象ですか？」

「はい」

「ちょっと心当たりないですが、どういったものです？」

「首吊りの幽霊見たとか、そういうのなんですが」

宮司は首を傾げ、右上を見上げるようにして逡巡した後——。

「うーん、やっぱり心当たりないですね。あ、でも」

「なんです？」

「河童が悪い子供を吊るして痛めつけたり、殺してから沼に引き摺り込む、という話はあった気がします」

山城が自宅マンションで見てしまった首吊りの幽霊はこの河童が吊るした子供だったのかもしれない。

そう考えるとあの小ささにも合点がいく。

「なるほど参考になります」


「あの河童が子供を吊るすエピソードとかさ、俺が今日見た怪奇現象と何か関係あるかもしれないだろ？」

「そうですけど」

山城は新居について直接の情報は得られなかったが、取材としてはそれなりの手ごたえは感じていたので小野寺の煮え切らない態度が引っ掛かった。

「宮司さんも良い人だったし、けっこう良い取材じゃなかった？」

「そうですね……でも山城さん。私思うんですよ」

「なにを？」

小野寺は立ち止まると、切れ長ですべてを見通しているかのような目を少し眩《まぶ》しそうに細めて言った。

「あの宮司さん、嘘ついてるんじゃないかって」

武藤家の食卓（2）

保護者の有志による捜索隊が結成され、武藤航大と田村健太の捜索が始まった。

学校や警察も勿論《もちろん》協力的で、この規模で捜せばすぐにでも見つかるだろう……と思われた大樹の予想は行方不明から一週間以上経った今も当たっていない。

大樹も仕事を定時で終えて、数時間捜索に加わってきた。

子供が行きそうなところ、迷いそうなところ、事故に遭いそうなところを手分けし、順番に巡りながら、聞き込みをするも有益な情報も得られない。


「ただいま」

大樹は疲労困憊《ひろうこんぱい》で玄関に倒れ込みたいという気持ちを抑え込み、のろのろと靴を脱いでリビングに向かう。

本当は一秒でも長く息子を捜し続けたいが、気力だけではどうにもならないこともある。自動車事故を起こしてしまうわけにはいかない。

「おかえり」

大樹を迎えたのは大樹の母親と娘の二人だった。

妻の美知留はその場にいない。

「お母さんは？」

「航大を捜しに行ってる」

「悠を置いてか？　それでおばあちゃんが来てくれてるわけか」

「うん」

息子が心配なのはわかるが自分に一言の相談もなく、捜索隊に加わるでもなく、義母に娘を任せて一人で息子を捜す妻の真意がわからず、頭を抱える。

思わずため息を吐く。

帰ってきたらまた口論になるのかと思うと暗澹《あんたん》たる気分になった。

「美知留さんも航ちゃんが心配で仕方ないんだよ。帰りが遅いからって怒るんじゃないよ」

母に釘を刺され、大樹は黙り込んでしまう。

「私は別に大丈夫だから。二人で捜した方が航大も早く見つかると思うし」

一人で放っておかれている娘自身がこう言う以上は大樹から言えることはない。

「そうか」

「カレー沢山作ってあるから、食べなさい。私はもう帰るから。しばらくは毎日来るからね」

「あぁ。悪いな、母ちゃん」

母はなんとも言えない表情で肩を竦《すく》めた。

「悠ちゃん、明日は一緒にお買い物行きましょう」

「うん」

「何か欲しいものあったら買ってあげるから」

「じゃあ、本」

「わかった。スーパーの後は本屋さん寄っていこうね」

そう言って大樹の母は帰っていった。

「おばあちゃん、何か言ってたか？」

「ううん、別に。航ちゃん早く見つかるといいねって」

「そうか」

自分の母親に何かを言ってほしかったわけでも、言ってほしくなかったわけでもない。

少しだけ客観的な視点から何か思うところがあり、それを孫には漏らしていたのかもしれないと考えたのだ。

だが、何も言わずに息子夫婦と孫のために食事の用意だけをしていったらしい。


二三時を回り、いくら明日が休日だとはいえ、いつまでも中学一年生の娘を起こしておくわけにもいかないと悠を寝室へ追いやる。

中学高校と剣道に打ち込み、大学時代も野球サークルで身体を動かしてきた大樹は体力自慢だったが、それでも連日連夜神経をすり減らしながら町を見回っていて疲れないわけもない。

このままソファで意識を失ってしまいそうだったが、なんとか意識を保っていた。

母にはあのように言われたが、妻に一言くらい文句を言ってやらないと気が済まない。それに今ここで寝ると悪夢を見そうな嫌な予感がしていた。

深夜〇時を過ぎた頃、そっと玄関が開く気配を感じる。

「ただいま」

リビングに現れた美知留は幽鬼のようだった。

落ちくぼみ、血走った眼球、背中を丸めた前かがみの姿勢も不気味だ。

これまで一緒に暮らしてきた妻と同一人物とは思えない変化だ。

「おかえり」

「悪魔が見つからないの」

――そんなものいないからだろ。なんなんだ、こいつの言う悪魔ってのは。

大樹はもはや否定する気にもならなかった。

「悪魔じゃなくて、航大を捜してたんじゃないのか？　悠が可哀想だろ」

「あの子はしっかりしてるから大丈夫でしょ、放っておいても」

「そういうことじゃなくて。学校から帰って、誰もいなかったら寂しいだろっていう話をしてるんだ」

美知留は娘に対してやや冷淡なきらいがあった。

何が気に入らないのかまるでわからない。憎んでいるというわけでもないようで、注意するほど当たりが強いわけでもないため、追及もせず放置してしまっていた。

「この世界にいるなら寂しくない」

「何を言ってるんだよ、本当に。全然わからん」

「なんで？　航大は可哀想じゃないの？」

「可哀想だから、毎日捜してるんだろ」

「いなくなったから捜してるだけでしょ？　可哀想だからじゃなくて」

「いなくなって、可哀想だから、捜してる」

大樹は一語一語力を込めて、ゆっくりと言い聞かせる。

「ううん、あなたは航大がいなくなったから捜してるだけ。可哀想だと思ってない」

「思ってるに決まってるだろ」

「思ってないよ。私にはわかる」

――何がわかるんだ。航大のことをこんなにも心配しているのに。

目の前にいる日本語を話しているはずの人間とまったく会話ができないこと、そして息子への気持ちを否定されることで感じるストレスで頭を掻きむしる。

指にごっそり髪の毛が絡みつく。

「あぁ」

大樹はその毛の色にかなり白いものが混ざっているのに気づく。

身体は耐えきれなかったのだろう。

「もういい。話にならない」

「そう」とだけ言って、美知留はその場を後にした。

なんとなく、扉の向こうで娘が聞き耳を立てているような気がしたが、確認しようとは思わなかった。

一人でソファに座って、これまでのことを振り返る。

豪雨のあの日、航大は姿を消した。同級生の田村君と一緒に。

航大が家で田村君の話をしていたという記憶はないが、二人は時々遊ぶ間柄だったようだ。学校では二人の友人にも聞き取りをしてもらっているが、心当たりとして挙げられた場所は既に捜索済で結果は芳しくない。

雨で視界も足場も悪くなっていたため、山で遭難したか、川に流されたかしたのではないかというのが警察を含めた自分たち大人の予想だ。しかし捜索範囲を広げても、雨で流されてしまったのか何一つとして手がかりも得られていない。

そして美知留は一人で航大を連れ去った悪魔とやらを捜しているらしい。

本当に航大が悪魔に連れ去られたと信じているのだろう、ということがここに来てようやく実感できてきた。

認識している世界の前提が違うのだ。

まともな対話はしばらくは無理だろう。話してお互いの落としどころを探るというのは諦めるしかない。

彼女はどうなったら満足いくのだろうか。

航大が無事に見つかって帰ってきたら勿論めでたしめでたしだ。

問題は仮に見つからなかった場合だ。

彼女が言うところの悪魔とやらはおそらく妄想の類だろうが、航大が仮に……考えたくもないが、生きて見つからなかった時にはどういうことになるのだろうか。

悪魔に殺されたと言って、悪魔に復讐するために夜な夜な出歩くのだろうか。娘を放ったまま。

――ありうる。いや、待てよ。

大樹は美知留が帰宅してから、心の奥底に澱《おり》のように残っている違和感に気づいた。

――美知留はなんといった？

大樹は思い出すと同時に背筋が粟立《あわだ》った。

そう、彼女はこう言ったのだ。「悪魔が見つからないの」と。

「あぁ」

彼女は現時点で〝すでに航大を捜していない〟。

悪魔の方を捜しているのだ。

――なんてことだ。

悪魔を見つければ自動的に航大も見つかると思っているのか、航大は既に死んでいると決めつけているのかわからないが、とにかく彼女はもう諦めている。

彼女のあの全身から滲み出ている怒りと悲しみは悪魔とやらに向いているのだ。

翌朝、目を覚ました時には美知留は外出しており、自宅にはいなかった。

大樹には彼女もまた悪魔か何かに取《と》り憑《つ》かれてしまったかのように感じたが、彼女のことは後回しだ。

今はまずやるべきことがある。

娘の食事を用意しながら、娘に一つの提案をする。

「悠、しばらくおばあちゃんの家に行くか？」

「いいよ」

冷静で大人びた娘だ。表情は平静を装っている。だがこの時ばかりは彼女から諦念が滲み出ているのを感じた。

「航大が見つかって、お母さんが前みたいに戻ってくれたら迎えに行くから」

「わかった」

娘は下唇を噛みしめ、涙を一粒零《こぼ》した。

一言の文句も言わない。すべてを受け入れている。

——まだ中学一年生だぞ。

朝食後、大樹は悠と二人で荷物をまとめ、母親にしばらくそっちに孫を預けると電話を入れた。

母は最初からこうなることがわかっていたのだろう。

「準備はできてるからいつでもおいで。おじいちゃんも喜ぶ」と応えた。


週明け月曜日、大樹は久しぶりに会社に顔を出した。

彼が勤めるのは銀座《ぎんざ》デザインというデザイン会社だった。地元の情報誌やチラシ類、広告のデザインを主に請け負っている。

まるで一軒家かと見紛うほどの小ささではあるものの自社ビルを保有していた。

大樹のデスクにはチェック依頼の色校正紙の山が積み上がっていた。

優先順位が高いものの判断がつかず、彼は山の上下をひっくり返してから置かれたのが古い順にチェックしていく。

頭がはっきりせず、デザインの良し悪しの判別もよくわからないが、とりあえずもはや破綻さえしていなければいいだろうと無心に処理していく。

部下たちが遠巻きにこちらに視線を送ってくるのがわかるが近づいてはこない。誰もがどう声をかけていいのかわからないのだろう。

それはそうだ。息子が行方不明になり、こんな短期間で髪が白くなり病的に痩せこけた上司にどう声をかけるのが正解か知る者はいるまい。

午前中いっぱいかけてすべてを雑にチェックした後、部員たちが遠慮がちに昼休憩に抜けた隙に各デスクに戻していく。

そして、三階の社長室へと向かった。

「ちょっといいか？」

しばらく休みをもらっていたことの礼を言いに上がってきたのだ。

社長の岸《きし》は大学時代の同期で、新卒で同じデザイン会社に入社し、そして共に独立した。最初の就職先が銀座にあったことから銀座デザインと名付けたのは岸だ。

本来ならば大樹は副社長の肩書で会社を引っ張っていく立場なのだが、現場でデザインの仕事を続けたいという彼のわがままを認めた懐の広い男でもある。

「お前、酷い顔してるな」

岸は童顔で四十を過ぎてもなお三十代前半にしか見えない若々しい風貌をしている。一方で今の大樹はどう見ても五十より下には見られないだろう。

鏡を見る度に他人を見ているような気分になる。

「そうだろうな」

自嘲気味に笑った。

「しばらく休めよ」

「でもな」

「社長命令ってことで休んでくれないか？　今のお前はいる方が迷惑だよ。雰囲気的にも仕事のクオリティ的にも」

岸は昔から歯に衣着せぬ物言いをする男だったが、ここまで直截的《ちょくせつてき》に言われるとは思っておらず、大樹は面食らった。

「そうか、そうだよな」

「ここはお前の会社でもあるんだから、いつまでだって休んでくれていいんだ。お前がいないのは痛手だが、美知留さんを支えてやれよ」

——支えようにも家にいないいんだよ。

とは口には出さなかった。

「ありがとう。今日一日で仕事引き継いでしばらく休みもらうよ」

大樹は荷物をまとめると、社員たちの同情的な視線を背に、夜逃げするように会社を後にした。

本名は鈴木浩太郎、源氏名は竜牙、そして芸名は葛木《くずき》竜泉《りゅうせん》。スカウトしてきた織田夏美のプロデュースにより、長髪をポニーテールにして、着物を着せられている。

もともと高身長で筋肉質、さらに顔も良いということもあり、まだ番組は始まったばかりだが彼には結構な数のファンがついていた。

「竜泉さん、いかがですか？」

司会の若手アナウンサーが話を振ってくる。

スタジオは相談者と霊能者三人が二手に分かれて座っており、その中心に司会者が立っている。

――いかがもクソもあるか。

竜泉は相談者の顔をジッと見つめる。

「今、霊視をなさってるんですね？」

「静かに」

竜泉は口に人差し指を当てる。

霊視なんてしているわけがない。適当なそれっぽいコメントを捻り出すまでの時間を稼いでいるだけだ。

この相談者は中年女性で、最近明らかに霊的なストレスを感じているらしい。

――霊的なストレスってなんだ？　そんなもんあってたまるかよ。

この番組ではトップバッターの負担が大きい。

霊能者――として出演している詐欺師――三人の意見はなんとなく合うように調整してコメントするのだが、最初の一人目が大外しすると後の二人がコメントに窮する。

相談者に否定されると全カットもありうる。

霊能者サイドは番組プロデューサーの織田がどこからともなく連れてきた竜泉のような役者だったり、元地下アイドルだったり、場末の占い師だったりするのだが、全員が霊感やら未来視やらの能力があるという体裁で出演している。

そして全員がこの番組をきっかけに有名人となり、芸能人として一生食っていこうと画策しているのだ。おそらく自己顕示欲が強く、かつ使い勝手がよく、成り上がるためなら嘘をつくことを厭《いと》わない人間を連れてきているのだろう。

ゆえに霊能者として席に座る三人の必死の連携によって、番組は盛り上がり、深夜帯としてはなかなかの高視聴率をたたき出しているという。

竜泉は改めて相談者の女性をじっと観察する。

これといった特徴はないが、どことなくホスト時代の客の中にこういうタイプの女性はいたような気がする。

小綺麗ではあるが、どことなく顔色が悪い。そして竜泉はこの顔色の悪さに見覚えがあった。

「あなた、お酒と悪い縁がありませんか？」

竜泉のその言葉に彼女はぎょっとしたように目を見開く。

――当たったか。ひとまず俺の仕事はこれで終わりだな。

役目を果たした竜泉は後の二人に託して、一旦口を噤《つぐ》む。

あとの二人も竜泉の発言の意図を汲んだのだろう。

一瞬の目くばせの後――。

「キッチンにあなたを蝕む物が見えます」

〝高田馬場《たかだのばば》の奇跡〟と呼ばれる女子大生霊能者が言った。彼女はもともと地下アイドルだったのだが、引退後にオカルト系タレントに転身しようとしていたところを織田に見出されたらしい。

織田が見出すのは霊感ではなく、嘘つきの才能なので彼女も相当なものなのだろう。

「ちょっと失礼」

広島で占いを営んでいたという老婆〝広島の祖母〟が立ち上がり、相談者の腹部に手をかざす。

「どうですか？」

「肝臓に悪霊の祟りを受けているようですな。このままでは危ない」

そして老婆は目を閉じ、小さく口の中でもごもごと何かを呟く。

外から見たら除霊のための呪文を唱えているようにしか見えないだろう。

違う。彼女が唱えているのは今日の夕食のレシピだ。本人がそう言っていた。なんの意味もない言葉を急に作り出すのは難易度が高いため、口を閉じたままで一定時間潰すのにちょうどいいのがレシピだったそうだ。

――肝臓なんてピンポイントで悪霊が祟ってたまるか。どんな悪霊だよ。アホらしい。

〝広島の祖母〟が息を荒くしながら、ソファ席に戻ってくる。

竜泉と女子大生霊能者は笑いを堪えるのに必死だ。

「少し、楽になったような気がします」

相談者はプラシーボ効果なのか、番組進行を妨げないようになのかそう言うことが大半なのだが、このまま帰しても同じことの繰り返しだろう。

竜泉があえてゆっくりと立ち上がる。

「あなたとお酒というのは非常によくない繋がりがあるんですね。料理に多少使うくらいなら問題ないのでしょうが。今日ご自宅に戻ったらまず家中のお酒をすべて捨ててください」

「はい」

「そして、今回は我々が悪霊を祓いましたが、あなたの内臓は物理的にも損傷しています。すぐに病院に行って検査と治療を受けてください。わかりましたか？」

「はい、先生」

その後、カメラとスタッフが同行することになった。

アルコール依存症気味だった彼女の肝臓には疾患が見つかり、今は治療を受けている――というテロップが放送時には付くだろう。


「よく肝臓が悪いってわかったね」

楽屋にやってきた織田がエナジードリンク片手に言う。

「化粧で隠してはいたが、顔色が黄色っぽかったからな」

「へぇ」

「今度からスタジオの照明、もうちょっと相談者の顔色見やすいように明るくしてくれ」

「雰囲気出ないじゃないの」

「じゃあ、もうちょっと事前調査しっかりやっといてくれよ。今日みたいな曖昧な健康状態に不安みたいな情報だけって結構しんどいんだよな。ワンパターンになりがちだから」

「とはいえ、健康に不安がある人につけこむのが楽でしょ。あと体調悪い人ばっかり応募してくるんだから仕方ないじゃない。相談者側も売れない役者仕込んでもいいけど、そっちの方はヤラセがバレた時に厄介ね。一応ガチっていう体裁だから。台本作りたくないのよ」

「楽ってことはねぇが、今のままでは難易度はホストとどっこいどっこいってとこだし別にいいよ、わざわざ相談者まで偽者連れてこなくても。相手が素人で霊能力信じてるってなると台本はやっぱ無理だよな」

どちらも客が自ら騙されに来るという点では同じだ。

ただホストクラブには楽しみに来る一方で、このインチキ番組には人生に行き詰まったり、恐怖を自力で解消できない人間が来る。

騙すだけで終われるならどちらも楽だが、来たことを後悔しないように騙しきるのはどちらも得意ではあっても簡単というわけではない。

「あと俺は医者じゃないからな。適当なこと言って取り返しがつかないことになるのが怖いってのはあるな」

「女をだまして飯食ってきたんでしょ？　その割には常識人というか甘いとこあるよね。あんまり売れてなかったでしょ」

織田が投げた空き缶はゴミ箱を外して、床に音を立てて転がった。彼女はそれを拾いに行こうともしない。

竜泉は自分がやったと思われるのが嫌で、空き缶をゴミ箱に捨てなおす。そして、織田に対して特に文句を言うことはない。

地上波の番組に出演することで知名度は爆発的に上がり、自身のSNSのフォロワー数は既に二万を超えている。

ホストと役者のアカウント――今はどちらも消去してしまった――のフォロワー数を足してもその十分の一にも満たなかったのだ。ゴミくらい幾らでも捨てる。

「騙してねーよ。ちゃんと楽しませて、その対価貰ってただけだ。あと売れてたとは言わねーが、一般的なサラリーマンよりは稼いでたよ、それでも」

「ふうん」

彼女は興味なさそうに言った。

「あたしさ、ちょっと考えてることがあるんだけど聞いてくれる？」

「あぁ、どうぞ」

竜泉に選択肢などない。

芸能事務所に所属しているわけでもないフリーのインチキ霊能者がプロデューサーの不興を買うということはイコール失業であるからだ。

「特番の企画考えてんの」

「はぁ、どういうの？」

「ロケに行くのよ。楽しそうでしょ？」

あまり楽しみではなかったが、劇団仕込みの笑顔を作る。

町行く人たちに悪霊が憑いているとでも触れ回るのだろうか。

どう考えても演者の負担がすさまじいことになる未来しか見えなかった。

この時ばかりはインチキ霊能者であるが、葛木竜泉こと鈴木浩太郎は自分の未来予知が当たる気しかしなかった。

「楽しいかどうかはちょっと企画内容聞いてみないとなんとも」

「心霊スポットに行くのよ。事故物件とか廃墟とか」

――偽物霊能者を引き連れてか？

竜泉は鼻で笑った。番組が成立する気がしない。

「行ってなにすんだよ？」

番組レギュラーメンバーは何も見えやしないのだ。

ただの肝試しでしかない。

「適当にこの場所で大勢死んだから、悪霊が溜まってるとか言って、お祓いとかすればいいじゃない」

「そりゃ、だいたいの場所で人は死んでるだろうよ」

「怪奇現象が起こるマンションとかいい感じの場所見つけてくるから、構成作家とディレクターと一緒に台本作りましょ」

出演者の中で竜泉だけが企画会議に呼ばれていた。

織田が自分のペットのように彼を連れまわしているからである。

そして、彼はペット以上の働きを見せていた。劇団にいた時にもよく相棒の書いた台本にダメ出しをしていたので、なんとなく勝手はわかっていたということもある。

――俺がなんとかするしかないか。でもなんだか嫌な予感がする。

竜泉は虫の知らせだとかいうものは信じていないが、織田が「怪奇現象が起こるマンション」と言ったその瞬間、彼女が厄介ごとを持ち込んでくるような気がしたのだ。

「わかった。せっかくの特番だしな。俺にとってもチャンスだ。いい番組にしよう」

表面上はそう言わざるをえない。

そして自身の中で温め続けてきた計画の実行を前倒しにする算段をしていた。

彼はこのまま霊能タレントとして生きていくつもりはなかった。

この番組で知名度を上げきったと判断したら、織田や番組スタッフのインチキを暴露することで注目を集め、役者として再スタートを切るつもりなのだ。

「やる気満々ね」

織田は竜泉の芝居に騙され、満足そうに頷いた。


「葛木竜泉さんですか？　週刊みやこの滝下《たきした》です」

タクシーから降りたところで竜泉は自分より頭二つほど背が低い女性に名刺を押し付けられた。

どうやら週刊誌記者を名乗るファンというわけではなさそうだ。

髪の毛は傷んでボサボサで肌の色もくすんでいる。目の下の隈も織田とは比較にならないほど深い。人間らしい生活を送っていないのだろう。

「はぁ、記者さんがなんの御用で？」

「あなた、霊能者になる前はホストだったそうですね？」

「そうだけど、それがなにか？」

「そのことを記事にしますが、よろしいですね？」

記者は勝ち誇ったように言うが、そんな記事に誰が興味を持つというのだろうか。

「好きにしろよ。宣伝になる」

そんなことはテレビに出始めた頃からいずれバレることだとわかっていた。何の問題もない。霊能者としてテレビに出ていることを伝えていない実家にこの記事が知れたら良い顔はしないだろうが。

「インチキだと騒がれるかもしれませんよ？」

「オレが元ホストだったら霊能力が偽物っていう証拠になんの？　ホストやってたら霊能力に目覚めたんだよ。それとも週刊みやこさんってとこはホストは霊能力に目覚めてはいけないって世界の理《ことわり》でもあるのをご存じなのかい？」

「そういうわけでは……では、昔のあなたのお客さんに話を聞いて、本当かどうか確かめますよ？」

おそらく彼女の求める反応ではなかったのだろうが、そんなことでは動じるわけがない。

「好きにしてくれよ。ついでに教えておくと売れない舞台役者もやってたんだ。本当に全然売れなくて、それでホストもやってた。で、ある時に霊能力に目覚めて、霊能者としてスカウトされたってだけだよ」

実際には霊能力に目覚めたりなんてしていない。その部分だけは嘘だ。

「ちなみにオレはクリーンなホストだったから探ってもそんなに悪く言う客も出てこないと思うぜ」

「そうですか。では、あなたの地元の知り合いに取材をしても誰も悪く言いませんかね？」

彼女が精一杯威圧的な表情を作っているのはわかる。

しかし、まったく気圧《けお》されるということはない。

「あぁ、地元のツレか。どうしてんのかな」

「最近、テレビに出てますけど、誰からも連絡来ないんですか？」

「別に連絡してねーし。親にも言ってねーよ。もうちょっと売れてきたら気づく奴も出てくるかもしれねーけど、今のところはなんもねぇな。じゃあ、もし地元のツレに話聞くことあったら、オレが元気にしてるって伝えといてくれよ。みんな喜ぶんじゃねーかな」

「そうですか」

滝下記者は竜泉の反応が期待外れだっただけではなく、おそらくスキャンダルのようなものも出てきそうにないと悟ったのだろう。明確に落胆している。

「そんな顔するなよ。オレは確かにホストクラブに勤めていたが、別に何も悪いことはしてない。後ろ暗いことはしてないから過去を幾ら探られても平気だ」

「あーあ、ボツかな」

「かもな。でも他に何もなければテレビで人気の霊能者が過去にホストやってて女を泣かせてきた、みたいな見出しで隙間を埋めるくらいにはなるかもよ」

竜泉は週刊誌の記事がどういう基準で掲載されるのかなんて知らないが、おそらくこんなネタが巻頭や良い位置に載るわけないことだけはわかる。

「最後にあんたのことも視《み》てやるよ」

「霊視ってやつですか？」

滝下は吐き捨てるように言った。

「あぁ、霊視ってやつ。そうだな、あんたは人を見る目がない、はっきり言って。週刊誌の記者には向いてない。他人に騙される星の下に生まれている」

睨《にら》みつけられているが、竜泉は続ける。

「良い大学出て、マスコミ業界で働きたいという希望を持って出版社に入ったが、想像以上の激務で心身共にズタズタだ。このままだと倒れるのは時間の問題だろう。実家の親も心配している。東京は向いてなかったと諦めて地元に戻れ。そうだな、もし教員免許を持っているなら教師になるのもいいだろう。ないなら公務員試験を受けろ。今よりずっと幸せな人生が待ってるはずだ」

「あんたに何がわかるっていうの」

滝下は今にも泣きだしそうだ。

「わかるさ、霊能者なんだ」

竜泉が過去にホストクラブで働いていたという記事は小さく掲載された。ただし、霊能力は本物かもしれない、とも書かれていた。

その後、滝下記者は地元の熊本に帰ったと人伝《ひとづて》に聞いた。

怪異を金に換える（2）

久々に受けた大学の講義が終わり、冴木早菜は所属サークルに顔を出すために、学生会館へと向かおうとしていた。

講義の内容はよく理解できなかった。前回の講義内容を踏まえていないとわからないのは当然だが、友人から送ってもらったレジュメすら読み返さずに講義に臨んだのだ。

自業自得としか言いようがない。

「さなちゃん、サークル？」

隣で同じ講義を受けていた友人が尋ねてくる。

「うん、たまに学校来た時くらいは顔出しておこうと思って」

「授業でもあんまり見かけないもんね。単位大丈夫？」

「大丈夫じゃない、全然」

「そうだろうね。私の方が先に卒業しちゃうかもね」

「うん、まったく否定できない」

「就活とかどうするの？」

「あれ、もうそんな時期なの？」

早菜は友人に呆《あき》れられているのを感じる。

——でも、配信で稼いでるし就職なんかしなくてもいいし。

早菜も本心ではいつまでも動画配信者として金が稼げるとは思っていない。

だが自分が真面目に会社員として働いている姿なんて想像できないし、そもそも大学を卒業している未来すら見えない。

「もうちょっとしたらみんな就職活動始めるよ。四年で卒業するつもりのみんなはね」

早菜は友人のこの発言が嫌味なのか心配からくるものなのか判断がつかなかった。

「あたしも四年で卒業するつもりはあるよ、一応」

「流石に無理じゃないかなー」

その口調は嫌味でもなんでもない。多くの講義が被っているのに、自分のことを見かけないから、そう言っているのだということはわかる。

「まだ三年生になったばっかりだからね。これから頑張れば間に合うって」

「はいはい」

友人はまるで信じていない。そして早菜もまた信じていない。

「じゃあ、バイト行くね」

「バイトがんばってー」

本部キャンパス八号館の入り口で友人と別れ、学生会館へと歩き出した。

学生会館はまだ昼間ということもあり、あまり賑わってはいない。

「お疲れ様でーす」

「お疲れ様」

早菜がサークルに割り当てられている部室へと足を踏み入れると一つ上の先輩の小野寺がいた。

「小野寺さんだー」

胸元で小さく手を振って向かいに座るが、早菜は小野寺が少し——いや、実のところかなり苦手だった。彼女は美人かつ頭も良いまっとうな人間だ。そしておそらく被害妄想なのだが、相対すると自分のような人間を見下しているのだという気分にさせてくる。

「久しぶりだね」

言われてみれば小野寺と会うのは久しぶりかもしれない。

早菜はあまり大学にもサークルにも顔を出さないので、大抵の人間とは疎遠になりがちなのだが、小野寺もまた最近はあまり大学に来ていないということは耳にしていた。

その彼女が珍しく部室にいる理由については、今回は先ほどの友人とのやりとりで心当たりができていた。

「就活終わったんですか？」

「うん。内定三つもらって、もういいかなって。選考途中の企業はもう辞退しちゃった。バイトまでちょっと時間あるから寄ってみたんだ」

事もなげに言う彼女に少し腹が立った。そもそも自分は卒業資格すら得られるか怪しいというのに。

逆恨みであることは重々承知しているが、それでもそんな風に思ってしまうのはどうしようもない。

「すごーい。どんな会社です？　小野寺さんってマスコミ志望なんでしたっけ？」

興味がないわけではないが、あまり聞きたくもない。しかし、会話の流れで尋ねざるをえない。

——来るんじゃなかったなぁ。

「マスコミ以外も色々受けたけど、内定もらってるのはテレビ局と商社と出版社だよ」

そして、彼女が口にしたのはどれも業界大手で誰もが知っている一流企業だった。

きっとこれからの彼女の未来は明るいものだろう。

どの企業を選択しても、結婚して仕事を辞めてもまるで理想の人生のモデルケースのような生活を送るだろうことは容易に想像がついた。

「どこにするんです？」

「うーん、まだ迷ってるけどね」

「どこも大企業ですし、目移りしちゃいますよねー」

早菜がそう言うと、小野寺は「あぁ」と小さく呟いた。

「ううん、そうじゃなくて。今バイトしてる小さい出版社にそのまま雇ってもらったり、大学院に進学して勉強しながらやりたいことじっくり考えてもう一回就職活動するのもありかなって」

「なしでしょ」

早菜は間髪《かんはつ》容《い》れずに言った。ありなわけがない。この人は何を言っているのだと非常識の権化であるはずの自分が、先輩の非常識さに愕然《がくぜん》とした。

——じゃあ、なんのための就活だったのよ。自分探し？　バカじゃないの。

「なしかな？」

「なしですね。小野寺さんが内定獲ったことで、本当にそこの企業に入りたかった人が落ちてるかもしれないんですよ。たまたま同時に内定獲っちゃうってことはあるかもしれないですけど、獲るだけ獲って全部行かないってそういう人たちに失礼じゃないですか？」

「確かにね」

不謹慎行為で注目を集めている自分が他人に常識を説くということに頭が痛くなってくるのだが、言わざるをえなかった。

「落ちた人たちが力不足だったといえばそうなのかもしれないですけど」

その後に続く言葉はぐっと飲み込んだ。

——あんたみたいにデキる奴が他人のチャンスを奪っては捨ててたら、一生あたしみたいなのにチャンスは回ってこないんだよ。

早菜は何を奪われたわけでもないのに、この美人で聡明な先輩に一枠奪われて落ちていった見知らぬ就活生に思いを馳せて、怒っていた。

この先輩と比較すれば、自分の未来は暗黒だ。これから配信の収益はどんどん下がってくるだろう。今はチヤホヤされていてもきっと飽きられる。そして、飽きられないように過激化していく不謹慎行為はいつしかデジタルタトゥーとなり、いずれしっぺ返しを食らうことになる。そんなことはわかっているが、もう引き返せないのだ。誰かに求められ、大金を得る快楽から抜け出すことは簡単ではない。

「ちょっと考えてみるね。ありがとう」

「いえ、あたしなんか就職活動すらしないかもしれないですし」

「そうなの？　卒業しても動画配信やってくの？　観てるよ、面白いよね。冴木さんのチャンネル」

小野寺が観ているとは思っておらず、早菜は急に恥ずかしくなってきた。

——観るなよ。

「ありがとうございますー。先輩に観ていただいてるなんてめっちゃ嬉しいですー」

「そう？」

——その目が嫌なんだよ。

小野寺は嘘をついていないだろう。本心から面白いと言ってくれている。だとしても素直に喜ぶことはできなかった。

早菜は今にも叫び出したい気分になってきた。今、この部屋を出ていくのは不自然すぎる。誰かに来てほしい。そう思いながら会話を続ける。

「冴木さん、最近は事故物件を転々としてるんでしょ？」

「そうなんですよ。お金かかるし、仕込みにも手間かかるしで大変なんですけど、ウケちゃったんでもうちょっと続けてみようかなって」

「引っ越し大変だよね」

「あー、でも家は別にあって、収録用スタジオを転々としてるって感じなんで。荷物は機材ばっかりですよ」

「そうなんだ。今はどのあたりに住んでるの？　大学まで遠い？」

早菜は最寄りの駅名を言った。

「え？」

小野寺のその反応に早菜は動揺する。実際に彼女の変化といったら少しだけ目を見開いただけだ。

しかし、この二年間で見てきた中で一番大きな感情の揺れとも言える。この先輩は大抵のことで動じたりはしない。何が起こっても、想定の範囲内だったかのように落ち着き払っているし、おそらく実際に彼女の想像を超えるようなことは起こっていないのだろう。

「知ってるところですか？」

「うん、少し。聞いたことあるくらいだけど。そのあたりに心霊スポットとか事故物件があるの？」

「そうなんですよ、なんかその地域に変なことが起こるっていう噂があるらしいです。あたし、不動産屋にそういう条件で探してもらうんで、その辺りの事故物件の中から良いの見繕ってもらいました」

「不思議なお客さんだなって思われそうだね」

「あ、向こうも結構あたしのこと知ってくれてるんですよ。今はもう同じ担当の人に物件探してもらってるんで、活動のことは説明したりしないですねー」

「やっぱり冴木さんって有名人なんだね」

「有名ではあっても人気ではない、というのがあたしみたいな不謹慎行為で目立ってきた人間の悩みです」

そういうと小野寺は小さく笑った。

賢い彼女は笑いどころであるということは認識しているが、本心では面白いと思っていないというのが透けている。早菜は彼女のこういうところが特に嫌いだった。

その言動のすべてで正解を選んでいる。きっとそれはわたしを格下だと思っているからだ。会話がスムーズに進むように場をコントロールしようしている。

「先輩、今度遊びに来てくださいよ。事故物件とか好きでしょ？」

「そうだね、そのうち」

――絶対来ない。

そんなことはわかっている。社交辞令だ。

「私、そろそろバイトの時間だから。行くね」

「けっこうバイト入れてるんですか？」

「うん、お金が欲しいわけじゃないんだけどね。バイト好きなんだ。今一番楽しいこと何か訊かれたら迷わずバイトっていうくらい」

「へぇ」

――羨ましい。あたしは別に配信も動画作るのも楽しくないや。お金が欲しいだけだし。逆だなぁ。

「じゃあ、またね」

「お疲れ様でした」

小野寺が出ていくと入れ違いで一年生が二人入ってくる。

「あ、サーナ先輩がいるー。いつも観てます」

「一緒に写真撮ってもらっていいですか？」

「いいよー、撮ろう撮ろう」

こうして有名人扱いされるのは気分がいい。

早菜は大学から緑ヶ沼マンションの方へと帰ることにする。

久々の学校は疲れた。

電車の中でうつらうつらしてしまう。

おそらく、今の顔面はあまり良いコンディションではないだろう。

生配信をしようという気はおきない。かといって、帰ってすぐ寝てしまうのも勿体ない。

——ちょっと散策しようかな。

そもそもマンション自体で心霊現象が起こるという話なのだが、近所にも心霊スポットがあると聞いていた。

とりあえず駅を出てから、マンションまで少し遠回りをして歩いて帰ることにする。

駅前だけなら都心とさほど変わらない。非常に栄えている。

陽が沈みかけ、散歩にはちょうど良い気温になってきていた。

早菜は不動産屋の担当者からもらったマンションやこの近辺での不可解な出来事についてのメールを読み返しながら歩き出す。


【お問い合わせいただいたレビューの件】

冴木様

お世話になっております。
ピアノ不動産　高畑です。

お問い合わせいただいていた緑ヶ沼マンションと周辺のマイナスレビューの件です。
その中から配信のネタになりそうなものをピックアップいたしました。
こちらですべて規約違反（ということにして）お客様から見えないように削除したものですので、くれぐれも外部流出はさせないようご注意ください。

〈最悪のマンション〉★☆☆☆☆
子供の泣き声がうるさい。まるで殺されるんじゃないかと思うようなヒステリックな悲鳴がしたかと思えば、今度は狂ったような笑い声が聞こえる。
でも両隣も上の階も下の階も子供はいない。おそらくそういう音が聞こえる欠陥構造なのだと思う。頭がおかしくなる前に引っ越した。

〈汚い〉★☆☆☆☆
なぜか部屋の中に泥の汚れがついていることがある。まったく心当たりがないところに。

その泥の汚れが人の身体の一部に見えて気持ちが悪いのですぐ出ていくことにした。管理会社に言ってもとりあってもらえなかった。

〈ストーカーがいる〉★☆☆☆☆
絶対いる。管理会社に言っても、監視カメラに映ってない。ベランダからよじ登れる高さではないと相手にしてもらえなかった。許さない。星ゼロどころかマイナスでもいい。

〈治安が終わっている〉★☆☆☆☆
深夜に子供が出歩いているのをよく見る。
手招きしてくる。不良のたまり場に連れていこうとしているんだと思う。うちの子供もつれていかれそうになった。

〈さびしくない〉★★★★★
さびしくない。

どのレビューも被害妄想の類で管理会社からはどれも住人側に問題があったという報告が上がってきていますが、お役に立ちますでしょうか？
今後とも弊社をご贔屓賜りますようお願い申し上げます。

早菜は近所を散策するも特にこれといって面白いものは発見できなかった。

収穫といえば、すでに閉まってはいたが、お洒落《しゃれ》なカフェを見つけたくらいだ。

——今度行ってみよ。

そしてマンションまでたどり着き、ふと自室を見上げると——。

ベランダで何かがうごめいている。

気のせいではない。はっきり見えている。

早菜にはそれが汚れた人の手が何本も出ているように見えた。

スマートフォンを向ける。暗くて距離があるが何かが映っているように見えなくもない。

「緊急で配信します。あたしが引っ越してきたマンションのベランダで怪奇現象が起こってます」

いきなりの配信にもかかわらず、そこそこの人数の視聴者数だ。笑いが止まらない。

——もうあれが本物のお化けかどうかなんてどうでもいいや。就職なんてしなくてもこれで食べていけちゃうんだから。

「あれはきっとこの辺りで昔起こった事故や事件で亡くなった人が助けを求めているんですよ。あたしにはわかります。楽しく一緒にお酒を飲んで、成仏してもらっちゃいましょう」

なるべく周囲の景色が入り込まないように——どうせすぐに引っ越してしまうつもりなので、場所が特定されても困らないのだが、それでもファンが家まで押しかけてくるのは煩わしい——画面を自分の上半身で埋めるように映す。

早菜が恐る恐る——といった演技で部屋に入り、ベランダに出るもそこには怪異は既にいなかった。

だが先日見つけた窓ガラスの汚れが今度ははっきりと手形に見えたのだった。

早菜はついに〝本物を引いた〟という確信で笑いが止まらなかった。

——見てろよ。ここでバズって、もっと有名になって、もっと稼いでやるんだ。

「宮司さんがなんで嘘つくんだよ？」

「それはわかりませんが、不自然でした。私は最初から本当のことを全部話してくれると思っていなかったので、そういう前提で観察してたんですよ」

「性悪説だなー」

あまり他人を疑うということをしない山城からするとあの人の好さそうな宮司を嘘つきだと決めてかかるという発想がそもそもなかった。

「問題です。性悪説を首唱したのは――荀子《じゅんし》ですが、性善説を首唱したのは？」

「出たよー、クイズ。あと〝ですが〟なんて引っ掛け問題にしなくても、そもそも性悪説が荀子っていうのから知らないから」

「とにかくなにか答えないと絶対当たらないですよ」

「孔子《こうし》？」

「残念。孟子《もうし》でした」

「惜しかったね」

「あはは、そうですね」

山城は心の底から惜しいと思っていたのだが、小野寺には冗談と捉えられたようだった。

——次は当てたいな。

「ちなみに山城さんの性悪説の使い方は誤用です。先天的には悪だけど、その後の努力で善になれるよって意味です」

「あ、そうなんだ。勉強になったよ」

短時間で二回も間違えたが、山城はちゃんと覚えておくことにした。

「それは置いておいてさ、なんで嘘ついてるって思ったの？」

「幾つか気になることはありました。神社で河童がいつからマスコットとして使われているか定かではない、と言っていましたが、まったく記録が残っていないというのも変な話です。あと山城さんのマンションは事故物件として家賃が下がるほど怪奇現象が起こっています。それでお祓いや相談もないということがあるでしょうか？」

「あるかもしれないって思うけどなぁ」

「さらに私の質問に対して、一瞬間ができたとき、右上に視線をやりました。あれは人が嘘をつくときに無意識にやってしまう行動の典型です」

「そうなんだ？」

山城も何かを思い出そうとするときに虚空《こくう》を見つめてしまう気がするが、嘘が苦手なのであまり実感が湧かない。

「そうなんですよ」

「じゃあ、どうする？　戻って本当のこと話してくださいって言う？」

「そう言って教えてはくれないでしょうから、もうちょっと追加調査をしましょう。もし嘘をついている証拠をつきつけることができそうならもう一度行けばいいだけです」

「なるほどねー。で、どうすればいいんだろうね？」

「考えてみてください。どうすればいいと思います？」

——出た。またクイズだ。

小野寺の中には一つの正解があるのだろう。

「すぐには答え出ないからちょっと考える時間がほしいなぁ」

「では、近くにお洒落なカフェ見つけたのでそこでお茶でもしながら考えてください」

「そんなのあったっけ？」

「ありましたよ」

小野寺に誘導されながら、コンビニすらない閑静な住宅街を歩いていく。

都会と田舎の境界のような場所だと思う。

山城は田舎から上京してきて、今ではすっかり東京に染まってしまい、方言もどこか彼方へ消え去ったが、この町は都会的に洗練されているとも懐かしいとも感じない。

最初にやってきた時には住みやすいかもしれないと思ったが、いまや居心地が悪いとしかいいようのない感覚だった。

「ここです」

山城の目にはお洒落という形容が適切なのかはわからないが、喫茶店はあった。

店内にはタイやネパールの何に使うのかわからない雑貨に、ガンが治る石だとか自然療法の本だとかが置いてある。

「ちょっと思ってた感じのお店ではなかったですね」

小声で言う小野寺に対し、曖昧に頷く。

最初から全くお洒落だとは思っていなかったので、そこは肯定できないが、思っていたのとは違うという点では完全に同意だ。

他に客はおらず二人で貸し切り状態で、大きなテーブルが一つだけでそれを囲むような座席配置になっている。強制的に相席にさせるのも店主のこだわりなのかもしれない。

白髪に髭の店主がいるカウンターから一番離れた位置に並んで腰かける。

「ここのメニューってなんでもオーガニックなんですね」

メニューを眺めながら彼女が言う。

「オーガニックってなに？」

「有機栽培ですね。農薬とか化学肥料使ってませんよっていう」

「ふーん」

――多分、飲んでもその違いはわかんないだろうなー。

そもそも山城にコーヒーの差はわからない。好きでも嫌いでもない。

二人分のコーヒー、そして小野寺はグルテンフリーのチーズケーキを注文する。

「グルテンってなに？」

「小麦粉と水を混ぜるとできる成分ですね。パンとか麵類の食感のもとです」

「ダメなんだ？」

小野寺は一瞬困ったような顔をして続ける。

「ダメ……といいますか、アレルギーが出たり身体に合わない人もいるみたいですね」

「へー」

何を訊いても正解を返してくれる彼女の賢さに改めて感心する。

そして、なかなかにこだわりが強い店のようだ。

小野寺が注文したチーズケーキもあまり食感がよくないのではないかと山城は思いながら、彼女が口に運ぶのを観察する。

もともとあまり表情に出る方ではないので、あまりよくわからない。

この店内に入ってからもっとも潜めた声で尋ねる。

「美味しい？」

「まずくはないです」

そう言って悪戯《いたずら》っぽく笑う小野寺が好ましく思えた。

コーヒーを飲みながら、山城はふと思いついたことがあった。

「さっきの話なんだけどさ。宮司さんに嘘つかれてたとして、どうしたらいいかっていう」

「はい」

「答えてみていい？」

正解かどうかなんてわからない。でも、答えてみなければ一生正解することはできないし、今回の取材で自分は彼女に対しても頼れる正社員であり先輩であるということを示したいと思っているのだ。

——答えるだけ答えてみよう。考えがしっかりまとまっているわけではないが、小野寺さんが言っていたことを下敷きに話していけば正解にたどり着ける気がする。

「どうぞ」

「さっき小野寺さんが言ってたことを整理したというか消去法で考えると一つしかないんじゃないかって思うんだよね」

「といいますと？」

山城はこんなにうれしそうな彼女の姿を初めて見たような気がする。

自分の中で整理しながら彼女に説明する。

「まず宮司さんが何かを隠しているっていう前提で考えることにした。実は嘘をついてないっていう可能性もあるんだけど、俺には現時点でどっちか確定させることはできないから小野寺さんが感じた違和感をまずは信じてみるよ。で、最初に嘘つきは右上を見るっていうところから嘘を突き崩すのはどうやっても無理じゃないかと思った。録画してたわけでもないし、虫が飛んでたとかちょっと肩が凝ってたとかなんとでも言えるからね。そもそもこれは冗談だろ？」

「そうですね」

彼女は静かに相槌を打つ。口元が僅かに緩んでいたが、そこは気にしないことにする。

「次にもし怪奇現象に悩む人がいたら神社に相談やお祓いに来るはずだっていうのは個人情報の守秘義務を盾にされたらそれ以上の追及は難しいよね。聞き込みしているうちにお祓いに行ったって人に会う可能性はあるけど、まぁ現実的ではないかな。っていうのは多分俺が言うまでもないことなんだろうけど」

「いえいえ、そんなことないですよ」

小野寺ならどう考えるだろうと思考を整理していく。

「でもいつから河童がマスコットになったかわからないっていうのが嘘だとしたらなんとか切り崩せる可能性あるんじゃないかな？」

と小野寺なら考えるのではないかと山城は思い至った。

「どうしてです？」

「もしそんな逸話とかメタファーとして妖怪が生み出されるくらいの大きな災害なら何か記録が残ってるんじゃないかと思うんだよね。公的な。それを見つけることができたら、どうして〝いつから河童が祀られるようになったかわからない〟なんて嘘をついたのかって問い詰めることができる。記録の内容からこのマンションの怪奇現象の噂につながるヒントも見つかるかもしれない。つまり、資料があれば宮司さんが俺たちに嘘をついていたかどうかがわかるはず。

どうだろう？」

「私も同意見です」

小野寺は胸元で小さく拍手をする。

「ヒントと考える時間もらったからね」

「でも私が言わなくてもちゃんと自力でこの結論には辿り着いたと思いますよ」

「だといいんだけどなー」

この頭の回転が速すぎる後輩に追いつける日がまだしばらく来そうにないが、多少なりとも先輩らしさを見せることはできたかもしれない。

「図書館に行って郷土資料を探してみよう」

山城は率先して後輩を調査に誘った。

「いいですね。調査っぽくなってきました」

☾

二人は川を渡った先にある灰色で立方体の図書館へと向かった。

足を踏み入れる際、山城はまるで大きな墓石のようだと思った。

「こういう郊外の箱ものってなんで宗教施設みたいなんでしょうね」

どうやらこの発言はクイズではないらしい。

「知らないけど、スケールが大きいよね。土地が安いのかな？」

「そんな気がしますね。センスについては謎ですね」

「小野寺さんでも知らないことあるんだなー」

「クイズで出題されないことは覚えてないです」

彼女はそういって笑った。

「たしかになぜ地方都市の箱もののデザインは独特なのでしょう？　なんて訊かれることないもんな」

「そうですね。でも万が一に備えて今度調べておくことにします。なぜセンスが独特なのかの理由じゃなくて、特徴的な建物は有名な建築家が手掛けている場合がありますからね」

本当に一万問に一問くらいしか出題されることはなさそうだ。

そして内装も洋画でしか見たことのない神殿のようで、いつも仕事の調べ物で使う図書館とは似ても似つかないものだった。

山城たちは利用者カードを作ると、足早に郷土資料コーナーに向かう。

目的の郷土資料室は二階の隅にあった。

一見、広く見えるが棚が埋まってもおらず大した蔵書量ではない。

「ここの本は持ち出し不可みたいですね」

「それっぽいのを手分けして探すしかないなー」

「どっちが先に見つけるか競争しますか。何賭けます？」

「俺、賭けると大抵負けるんだよなぁ」

山城はギャンブルが弱かった。何かを賭けると必ず負ける。じゃんけんですら負ける。

これはオカルトではなく、顔に出やすい性質だからだ。嘘がつける男ではない。

「じゃあ、なおのこと賭けたいですね。ジュース一本でいいですよ」

「仕方ないなぁ。わかったよ」

「やったぁ。やる気出ます」

二人は端と端に分かれて、妖怪や怪談の元となるような災害の記録を探し始める。

そして――。

「おかしいですね」

「この賭けはどういうことになるんだろう？」

「引き分け、ですかね」

郷土資料室のテーブルの上は綺麗に片付いていた。

幾ら探しても水害の記事もなければ、河童にまつわる話もない。何もない。

「記録なんてありませんでしたね」

「消されたとか……そんなわけないか」

「災害の記録なんて消しようがないでしょう」

「ということは……最初からなかったってことか？」

「と考えるのが自然な気がします」

「なんのために？」

「なんででしょうね？」

「それはクイズ？」

「いいえ、本当にわからないです。私だってわからないこともありますし、質問もするんですよ」

「それはそうだよなー」

「一緒に考えましょう」

山城は「一緒に考えましょう」と言ってもらえたことが嬉しく思えた。

少しずつ自分も成長できているという実感があった。

しかし現状はわからないことがただ増えただけで、何が解決したわけでもない。やっとスタート地点に立ったところだ。

あの緑ヶ沼マンションで見た首吊りの影はなんだったのか。どこからあの神社の河童がやってきて、マスコットキャラとしてアピールすることになったのか。

――これから順番に突き止めていこう。これがわかれば面白い本になりそうだな。

「とりあえずここでできることはなさそうですね」

「今日はお開きにしようか」

「ちょっと遠回りして駅まで送ってください」

「わかった」

山城は素直に頷いた。小野寺は少し歩きたい気分なのかもしれない。

二人はこの巨大な墓石のような建造物を後にする。ふと振り返ると図書館は西日で朱色に染まっていた。ただただ不快に眩しく、美しいとは思えなかった。

「私がなんで遠回りしたいって言ったかわかりますか？」

「誰にでも歩きたくなる時ってあるからねー」

山城のその返答に小野寺は露骨に大きなため息を吐いた。

「やっぱりまだまだですね」

大学生にまだまだと言われ、今度は少し悲しくなったが、それを態度に出さないようぐっと丹田に力を籠める。

「冗談ですよ。気にしないでください。すぐに結果が出るかはわかりませんが……何かが起こるかもしれないってだけです」

「かもしれない？」

「はい、私にも確信はありません。意図も意味もちゃんとあるはあるんですけど」

山城にはさっぱりわからなかった。

——やっぱり俺はまだまだなんだなー。

「そんな顔しなくて大丈夫ですよ。本当に何かが起こるかもしれないし、起こらないかもしれないという程度の話なので、今の段階ではわからなくても全く問題ないです。何も起こらなかったら恥ずかしいから言わないだけです」

「そうなんだ。俺の頭が悪くてわからないのかと思ってちょっと不安になったよ」

「そういうことではないです。思わせぶり過ぎましたね。ごめんなさい。さ、行きましょう」

小野寺の後ろをついていく。彼女は歩くのが速い。焦っている、という感じでもない。普段から他人より思考も行動も少しだけ先を行ってしまうのだろう。

山城にはそれがとても孤独なことのように思えた。そして、山城はほんの少しだけ歩みを速めて彼女の隣に並ぶ。

同じ速さで歩いたって小野寺と同じように物事を見ることも考えることもできないが、そうすべきだと思った。

すると彼女は山城の意図を汲んだのかそうではないのかわからないが、はっきりと山城の顔を見上げて嬉しそうに微笑んだ。


——そろそろ駅だけど、小野寺さんが何かが起こるって言ってるのはなんなんだろうなぁ。

「山城さん、実はですね、私一人でも結構聞き込みやってたんですよ」

「なんで？　一緒にやろうよ」

「別に情報を得ることが目的ではなかったからです。実際、私の聞き込みはすべて空振りでした」

「ますますわからないって」

「何かが起こるとしたら、もうそろそろなのでその時に言います」

どうやら今回は自力で答えに辿り着くことは難しそうだ。

駅に着くとちょうど帰宅ラッシュの時間帯らしく人が改札の向こうから押し寄せてくる。毎日決まった時間に出勤しない生活を送っている山城にはこの光景が異様なものに見えた。

そして、その人の波を全身で受け止めるように立つ小野寺も。

「ほら、人の邪魔になるから」

「いいんですよ」

彼女は平然とそう言い放つ。

――よくないだろ。

山城が彼女を改札から少し離れたところに連れていこうとした時――。

「久しぶり」

小野寺の正面に同年代の女性が立ち止まった。

「うちに来たって聞いた」

「色々聞きたいことがあって。誰の連絡先も知らないから、引っ越しの挨拶がてらね」

「そうなんだ」

「あっち移動しよっか。話聞きたいんだ」

小野寺が先導すると、知人――らしき――女性は大人しく彼女の後ろをついていく。

彼女が聞き込みで自分を知る人間を釣り出そうとしていたのだと気づいた。

——そうか、小野寺さんはこの町の出身だったんだ。

大樹は鏡に映る自分の顔を見て苦笑した。

白髪が全体の三割ほどを占め、目も落ちくぼんでいる。

――最近、ちゃんと飯食ってないからな。

体重計にのってみようという気も起こらない。一キロ、二キロどころではなく減っているだろう。

大樹は大きなため息を吐き、顔を洗う。娘を実家に預けてから、ため息の回数がとてつもなく増えているが、我慢はできそうになかった。

毎日、悪魔探しに精を出す妻の気配はない。

今日も自分が起きるよりも先に家を出たのだろう。

――なんなんだ。悪魔ってなんだ?

妻の妄想にまで付き合っていたら本当に頭がおかしくなってしまいそうだった。

息子さえ見つかれば、家族は元通りになるはずだ。

自分が息子と共にあの日々を取り戻すのだ。

もたもたしている時間はない。

しかし、また無闇にこの狭くて広い町をあてもなく彷徨《さまよ》っていて見つかるのだろうか。

そんな大樹の気持ちに呼応するように窓の外が暗くなってくる。

――もうちょっとしたら降ってきそうだな。

最近はよく雨が降る。

あの日――航大がいなくなった――も大雨が降っていた。

やはりこれだけ捜しても見つからないということは、この町ではないどこかに連れ去られたか、川に流されたかではなかろうか。

いくらなんでもここまで見つからないとなると、増水した川に流されたと考えるのが自然に思える。

しかし生きていても死んでいても見つからない限りは推測でしかない。

確定するまでは捜し続けるだけだ。

会社は休職した。状況が状況だ。上司も部下も納得してくれている。

――よし、行くぞ。

立ち上がり、ふと窓の外を眺めると雨が降りはじめた。

――美知留は大丈夫か？　傘持って行ってるか？

玄関の傘立てを見に行くと、そこには大樹、美知留、航大、悠の四本が揃っていた。しょっちゅう傘をなくす大樹だけはコンビニで買ったビニール傘だ。

その傘を見つめていると、様々な思い出が頭の中に浮かんでくる。つまらない映画の回想シーンのようだ。

このままだと大樹は全てを失ってしまうような気がした。

今日、美知留が帰ってきたらもっとちゃんと話を聞いてやろう。

荒唐無稽な悪魔の話にも何か彼女の深層心理に眠る不安のようなものがあらわれているのかもしれない。

いつまで捜すのかも話し合おう。彼女がこのまま悪魔がどうということを言い続けるのであればできる限りのサポートをしよう。

大樹はそう決めると身体も楽になってきたような気がしてくる。

少しだけ軽くなった心で部屋を見渡すと何日も掃除機をかけていないし、洗濯物も山積みだ。

航大を捜しに行く前に少しだけ——雨が降っている間だけ、美知留と自分の家を綺麗にしていくことにする。

大樹はシンクの食器を洗い、洗濯物を片付け、掃除機を引っ張り出してくる。

雨脚はどんどん強くなっていく。

傘を持たない美知留が心配になるが、今は彼女が安心して帰ってこられる場所を整えることしかできない。

埃《ほこり》を吸い込んでいく掃除機の後ろについていく。そして、今や大樹はリビングで寝起きするため、妻が閉じこもっている寝室へと足を踏み入れた。

カーテンが閉め切られ、どことなく湿気くさい感じがする。

二つのベッドの周りに掃除機をかけ終わると、大樹は鏡台からなにか嫌な——気配のようなものを感じた。

——なんだ?

恐る恐る鏡を隠す扉に手を伸ばす。

視界に入ってはじめて自分の手が震えていることに気づいた。

そしてゆっくりと扉を開いていく——。

「うっ」

鏡を見て、大樹は思わず後ずさりしてしまう。

「なんなんだよ、これは」

鏡には油性ペンでこう書かれていた。

『次の雨の日、決行　アクマがのりうつる』

これがいつ書かれたものなのかわからないが、おそらくその〝次の日〟は今日に違いない。

悪魔とやらが乗り移ったら美知留はどうなるのだろうか。

彼女もまた大樹の前から姿を消してしまうのではないだろうか。


その予感は的中した。

美知留は帰らず、さらにこの緑ヶ沼マンションに住む小学生がまた一人行方不明になってしまった。

ファミリータイプのマンションに一人。

息子も妻もいなくなってしまった。

――俺のせいだ。

自分がちゃんと話を聞かなかったから。悪魔のことを信じなかったから。何もかもを失うことになってしまうのだ。

――俺はなんて愚かなんだ。これからどうしたらいい？

いくら考えても何も思い浮かばない。自責の念で思考は堂々巡りだ。

大樹はすっかりバネがへたってしまったソファに横になり、いつから点けっぱなしかもわからないテレビをぼんやりと眺める。

画面の向こうでいかにもインチキくさい霊能者が心霊スポットで霊視だとかなんだとか言っていた。

葛木竜泉は特番のロケ地として指定された心霊マンションの前に立つ。

彼は霊感なんてないと思っているし、適当にそれっぽいことを言って周囲を煙《けむ》に巻きながらここまで上手くやり過ごしてきた。

しかし、この緑ヶ沼マンションを前にして、何やら背筋に寒いものを感じた。

——何かいるのか？　というか、いるってなんだ？　いるもいねーもないだろ。いないいない。

竜泉は嘘をつき続けているうち、無意識に自分もオカルトに染まってしまったのかもしれないと思った。

——馬鹿馬鹿しい。

「どう？　この普通っぽさが逆にいいでしょ？」

プロデューサーの織田が勝ち誇ったように言う。

「いかにもって感じの廃墟とかより？」

「そうそう。ヤラセ疑われるからね。そういうところよりこういう何の変哲もないマンションの方がリアルなのよ」

「そんなもんかねぇ。それにヤラセなんかどこでやっても疑われんだろ。実際ヤラセ純度百パーでやってるわけだしな」

「でも本気で信じてる人と半信半疑の人も沢山いるからね。今回はいつもの深夜じゃなくて二二時から放送するんだから、しっかりイケメン霊能者やんなさいよ」

「わかってるよ。オレは大丈夫に決まってんだろ。むしろ、他の連中の心配をしろよ。それに今回よく知らねー連中も呼ぶんだろ?」

「よく知らねーのはあんただけよ。ちゃんと本物だって評判の有名霊能者呼んでんだから」

「あぁ、そういう保険かけてるわけか」

本物なんてものは存在しない。竜泉はそう考えている。

つまり自分以上に長いキャリアで上手くインチキ霊能者を演じてきたベテランが来るということなのだろう。

織田がスカウトしてきた竜泉をはじめとした芸能人としてもインチキ霊能者としても素人に毛が生えた程度の知名度の連中だけに特番を任せることはできないということだろう。

それでも織田は竜泉が一番のお気に入りだったし、こうしてわざわざロケハンにも同行させている。

織田が当然のように絡めてくる腕も振り払うことはない。

竜泉はカメラの反対側でも上手く立ち回り、織田の愛人ポジションにすっぽりと収まっていたのだった。


そして収録の日――。

竜泉と元地下アイドルの女子大生、占い師の似非《えせ》霊能者に加え、新たに坊主とイタコの二人の似非霊能者が加わった。

坊主の方は白い髭を生やし、貫禄はなかなかのものだった。

イタコの方は色が濃いサングラスをかけているが、おそらく老けて見えるようにメイクをしている。普通の人間は若く見せようとするので、意図的に老けさせる方がバレにくいのだろう。一見すると六十歳か七十歳かといったところだが、実年齢ははるかに若いようだった。

――わざわざ老けさせた方が説得力が出るってことなのかねぇ。

どちらもカメラ映りを過剰に気にした風体で、いかにも織田が好みそうな詐欺師だと竜泉は思った。

出演者はそれぞれこの怪奇現象が起こるという噂があるマンションで霊視やらお祓いやらをするということになっている。

ただ、今回は普段のスタジオ収録とは違う。

いつもであれば霊能者全員で一つの正解――相談者と視聴者を納得させるためだけの――に向けてストーリーを作り上げていくのだが、ゲストの高名なインチキ霊能者の二人はそれを拒否したらしい。

本心かどうかはわからない。織田の演出――あるいは誘導である可能性も十二分にある。

つまり、彼らは竜泉たちとは違う怪奇現象をでっち上げて、それを祓うというパフォーマンスを求められているのだ。

対立構造を作って番組を盛り上げようなんて織田の考えそうなことだ。

――これはなかなか面倒くせぇな。

今回、自分たちが番組として主人公側に設定されているのか、それともゲスト霊能者を活躍させるための捨て駒にされるのかはわからないが、高名な霊能者を前にスタッフが自分たちの味方をしてくれることにあまり期待はできなかった。

自力であの胡散臭《うさんくさ》い連中を陥れて、霊能者としては偽物でも、本物のスターになるしかない。

竜泉が元地下アイドルと占い師の方をちらりと見ると二人もだいたいこの状況とやるべきこと――いちゃもんをつけて相手を嘘つき扱いする――を理解しているようだった。

竜泉は緑ヶ沼マンションを改めて眺めるも外観からは到底幽霊が出るようには思えなかった。

小綺麗でなんの変哲もない。

情報提供があったからとはいえ、ここを幽霊が出る事故物件に仕立て上げて、テレビで流すということには罪悪感がなくもないが、与えられた仕事をこなすだけだ。

「こちらです」

通された部屋はがらんとしている。

空き部屋を借りたのだろうか。

――それにしては人がいた気配？　なんか残《のこ》り香《が》みたいなもんがあるな。

最近まで人が住んでいたが、この周辺で起こった怪奇現象とやらのせいで、住人が出て行ったばかりなのかもしれない。

まさかこの気配が幽霊だとか怪異なんてものなのだろうか、という想像が一瞬だけ首をもたげたが、すぐにかき消す。

――アホらしい。幽霊なんてもんがいてたまるか。

「みなさん、一度外へ」

ディレクターに促され、竜泉たちは外に出る。

このマンションにやってくるところから撮影するのだ。その際はまるで初めて来たかのような反応をしなければならない。

そして神妙な顔を作ってこう言うのだ。

「このマンションは呪われている」

竜泉はレギュラー陣とゲスト霊能者でどちらが先に除霊をするか、織田に小声で尋ねる。

「あんた、好きな方選ぶ？」

「は？」

織田の意外な一言に竜泉は啞然とする。

「そんなのあり？」

「私の番組なんだから別にいいでしょ、そのくらい」

「俺たちが失敗して大恥かいたところでゲスト様が大活躍、みたいな展開期待してんじゃねぇの？」

「別にそうなってもいいけどね。向こうは順番なんか関係ないって大口叩いてたわよ」

「へぇ、そうか。じゃあ、せっかくだしお手並み拝見ってことで後攻でいいか？」

「どうぞ。面白くなるなら勝っても負けてもいいけど、インチキだって指摘されて反論できないなんてことはないようにはしなさいよ」

「それ認めたら番組終わるもんな」

「本物の方をレギュラーにするか、また新人スカウトしてくるかってことにはなるでしょうね」

後攻の方が相手のやったことに難癖をつければいいので有利に思えるが、先攻で上手く説得力がある除霊パフォーマンスをされてしまう可能性もあるため、後攻が圧倒的に有利とも言い切れない。

百戦錬磨の詐欺師たちはよほど自信があるのだろう。

どうやら自分たちを勝たせるための台本を用意しろとも、八百長《やおちょう》をやれとも言わなかったと見える。

除霊大喜利のプロと対決するわけだが、最初から自分たちが負ける想定で一言一句台本が作り込まれているよりは遥かにマシだと思ったし、それは織田のせめてもの温情に感じた。


「オンアビラウンケンソワカ」

坊主が呪文を唱え、リビングの端に向かって手をかざす。

「この部屋に悪霊がついている」

竜泉はカメラが坊主に向いていることを確認してから大きな欠伸《あくび》をする。

——悪霊なんかいてたまるか。このイカサマ野郎。

自分もまたイカサマ野郎である竜泉が自分を棚に上げて相手のパフォーマンスを心の中で詰《なじ》る。

坊主の頭や首から汗が噴き出ている。ただの暑がりなのだろうが、この状況下では優れた演出になる。このシーンが放送されれば、視聴者の目にはきっと本格派の霊能者に映ることだろう。

「ふぅ、一旦は封じ込められたがまたいつ悪さをするかはわからん」

――なるほど。封じるパターンっていうのもあるのか。

竜泉はこのやり方に感心した。完全に祓うことはできない、という設定なのだ。そうすることで、ここの住人がまた〝たまたま〟体調を崩したり、何かしら不幸なことが起こった際にこの坊主を呼んで除霊――のフリをしてもらって安心できるというわけなのだろう。よく考えられている。一生食いっぱぐれることはないだろう。竜泉もその手口を真似ることに決めた。良いものは誰のものでも取り入れていく方針なのだ。

しかしその〝いつものやり方〟は後攻である竜泉たちにとってはつけ入る隙になる。

――なんとかなるかもしれんな。

「流石ですね。それならオレたちの出番はなさそうです」

竜泉のこの発言に元地下アイドルと占い師が一瞬驚愕の表情を浮かべたが、すぐに平静を装う。

彼が本心からそう言っているわけではないことをすぐに理解したのだ。

「つかぬことを伺いますが、どんな悪霊だったんでしょう？」

竜泉は媚《こ》び諂《へつら》うような言い方をする。坊主は敵であるはずの竜泉がいきなり下手に出てきたことに、違和感を覚えたようだが、喧嘩《けんか》腰《ごし》でない相手の質問を無視するわけにもいかない。

「獣……いや、ケダモノだ」

「それがなぜこの部屋に？」

「わからん」

「その理由がわからないとやはり完全な除霊は難しいでしょうね」

「うむ」

竜泉には一つの確信があった。この坊主が言うところのケダモノの悪霊はもう一度現れざるをえない。それは必ずだ。

なぜなら――。

「彼女にその霊と交信してもらったり、降ろして我々で話をしてみるというのは？」

竜泉は先ほどから何やら呪文のようなものを唱えているイタコに向き直って言った。

彼女が活躍した方が番組が盛り上がるであろうことは、この場にいる誰もがわかっている。胡散臭い髭の坊主が「えいや」とやってあっさり悪霊が封じられてしまっては特番としては物足りないだろう。

わざわざ竜泉が誘導しなくとも二人は最初からそうするつもりだった可能性はあるが、このまま逃がすつもりはなかった。

「竜泉殿の言うとおり。完全に封じられているわけでないなら、呼び出せるかもしれんわ」

白い装束を整える時に覗いた腕はやはり顔と比較して若すぎた。

――腕までメイクで老けさせるのは難しいだろうしな。

竜泉は首の凝りをほぐすフリをしながら味方の二人に目配せする。

――絶対ボロを出す。見逃すなよ。

二人は一瞬視線を返してきただけだが、これまで一緒にやってきた仲だ。意図が伝わったことはわかる。

「やっぱりケダモノというからには動物の霊なんですかね？」

竜泉の思惑に気づいたのか、気づいていないのか一拍置いて、坊主は首肯する。

「動物の霊を降ろしたり、会話をしたりっていうことは可能なんですか？」

偽イタコが延々と犬や猫の鳴き真似をするのを見学するというのも面白そうだが、そうはならないだろう。

「はっきりと人間のように流暢《りゅうちょう》には喋らんが、魂との会話やから。言うてることはわかる」

「安心しました。では、よろしくお願いします。しかし、レギュラーの我々の出番はなさそうですね」

「えぇ」「まったく」

そしてゲスト霊能者を立てる竜泉たちに対して織田は訝し気な視線を送ってくるが、そんなこととは無関係に番組は進行していく。

偽イタコがフローリングを指さすと、ＡＤが持たされていた座布団を敷き、その上に正座をする。

床に手をついて、一分か二分。

霊が降りてくる、のではなく彼女が心の準備をする時間を神妙な面持ちで待つ。

二人はある程度のネタ合わせはしてきているだろうし、今この瞬間に考えているとは思えない。

竜泉は笑いを我慢するのが上手かった。ホスト時代も役者時代も笑うのを我慢しなければならないシチュエーションが頻発していたことを思い出す。

客の心底どうでもいい悩みごとを聞く時、明らかに笑いを意識した台詞に『真面目な顔で。絶対に笑うな』という演出指示があった時。

こんな偽物の霊能者の芝居を真剣に眺めているくらいのこと造作もない。

「おお、そうかそうか。それは大変やったな。でも、ここの人たちに罪はないはず。許してやってくれんか？」

偽イタコが独り言——をあえて聞こえるように口にしてくれる。

「日本語で喋ってるように聞こえるんですか？」

「そんなわけあるか。わんわん吠えて頑張って伝えようとしとるのを感じ取っておる」

「わんわん吠えるんですねぇ」

竜泉がそう言うのを無視してイタコは続ける。

「どうやら、ここで殺された狼の群れの憎しみが今もこの地に残っておるらしいわ」

「たしかに、儂《わし》が封じた霊も黒い狼のような獣であった」

ということになったらしい。

——くだらねぇなぁ。こんな台本、北見が書いてきたらボロクソに貶《けな》してるとこだ。

しかし、北見が書いたものではない以上、竜泉はそのくだらない芝居に入っていかなければならない。

「狼が絶滅したのは今から一〇〇年以上も前なので、かなり昔からの怨念のようですね」

竜泉がいかにも脇役じみた声色でそう言うと坊主が頷く。

「うっ、やめろ」

急に偽イタコが首を抑えて、床を転げまわる。

傍目には心底苦しそうに見える。

どうやらそれなりにしっかり力を込めて、自らの手で喉を締め付けているらしい。

偽イタコが涙を流して咳《せ》き込む。

「大丈夫ですか?」

元地下アイドルが駆け寄って、背中をさする。

そこに坊主頭の偽霊能者が割り込んでくる。

「いかん、悪霊が喉笛に食いついておる。儂が祓うからお前らは下がれ」

ゲストの二人が役に入り込んでいくのがわかるが、それに反比例するように竜泉の心は冷めていった。

——そろそろいいか。こいつら見てるのにももう飽きてきたしな。

ちらりと織田の方を見やると、どうやら彼女も飽きてきているらしく、小さく欠伸をしている。

竜泉は二人の隣に立つと「おい」と声をかけ、こう続けた――。

「とんだ茶番だな、イカサマ野郎共。芝居はもういい、やめろ。飽きた」

竜泉の言葉に二人の動きが止まる。

こういういきなり水を差されるような止められ方をするとは想定してなかったのだろう。

あまりにも行儀が悪い。

「何を言う。この狼の霊が見えていないのか？　それならお前の方がイカサマであろうがっ。こいつをつまみ出せっ。除霊の邪魔じゃ」

坊主が口角泡を飛ばす。

当然そのように言われることはわかっていた竜泉はまるで動じない。

織田をはじめ、周囲の人間は全員、竜泉が何か行動を起こすのを待っていたので勿論つまみ出しはしない。

「この苦しみが嘘に見えるというか？　イカサマというのであればそれを証明せぇ」

偽イタコが息も絶え絶えといった様子で言う。

――そりゃ、自分で自分の首を絞めたんだから苦しいは苦しいだろうよ。

悪役に見えるだろうが、もはや隠しもせず鼻で笑う。

「ちょっとオレの話も聞いてくれよ。そのくだらない除霊ごっこ、続けながらでもいいからよ」

織田が顎をしゃくって竜泉に話の続きを促す。これを見て竜泉の話を遮れる奴などいない。

「話聞いてもらえるみたいだな。じゃあ、手短に」

竜泉はカメラが自分の顔に向くのを待ってから口を開く。

「一つ教えておいてやるよ。このマンションを含めた一帯は沼を埋め立てて作られた土地だぞ」

竜泉がそう言った瞬間、味方の二人が噴き出す。

「さっきからケダモノの霊だの狼だのと随分はしゃいでくれてたけどな、この土地に悪霊とやらが取り憑いてるならカエルとか魚じゃねえの？」

「ここが沼でもその周囲に棲んでおった可能性もあろうが」「その力や憎しみが強くここまで届いておる」

などと彼らは口にするが、竜泉はもうこれ以上付き合いたくはなかった。彼らのパフォーマンスは思っていたよりつまらなかったのだ。

「そうなのか？」

「さっきからそう言っている」

「今この口喧嘩の間、大人しくおすわりでもして待ってくれてるのも変なんだけどさ、さっき『わんわん』吠えて、気持ちを伝えてるって言ったよな？」

「それがどうした？」

「どうしたもこうしたもそう言った時点であんた詰んでるんだけどな。狼って『わんわん』吠えないいんだよ」

「は？」

「犬は吠えるけどな。狼は遠吠えはするけど、そういう吠え方はしねーの」

竜泉がそういうと織田が手元の端末を操作し「へー、狼って吠えないんだ。あんた、動物にも詳しいのね」と呟いた後、ゲスト霊能者たちに向かって「だそうですけど？」と言った。

偽坊主も偽イタコも口を開かない。

今から何を言おうとももはや形勢逆転は無理だと悟ったのだろう。

番組側も庇《かば》おうという姿勢を見せないのだ。

「そんなパフォーマンスやるならこの辺りに狼がいたかどうかくらいは調べてきな。オレたちくらいなら簡単に丸め込めると思ったのかもしれねーけど、ちょっとナメすぎじゃねぇかな」

竜泉はじめレギュラー出演者が嘲笑するが挑発には乗ってこなかった。

ただ黙って、睨みつけてくるだけだ。

もはや相手方は番組に協力しようという気などさらさらないらしい。

ひとしきり悪しざまに言った後、竜泉もこれ以上盛り上げることは難しそうだと諦める。

「さて狼はどっかいっちまったみたいだな。いや、最初からそんなのはいないんだけどな。で、どうする？　カエルでやり直すか？」

そしてレギュラーメンバーの二人が追い討ちをかけるも、やはり百戦錬磨のはずのゲストの二人は黙り込んで反応しなかった。

これ以上、傷を広げないようにするためだろう。竜泉でもきっと同じようにする。

カメラを一度止めたところで、ゲストの二人は堰を切ったように織田やディレクターに散々暴言を吐き散らすと、メイクも落とさず帰ってしまった。

どういう契約を事前に結んでいたのかは知らないが、織田はモザイクをかけたり、音声を加工してでも先ほどのやりとりを電波に乗せるだろう。そういう人間だ。

「で、竜泉さん、いかがでしょう？」

再びカメラが回り始め、ディレクターが問いかけてくる。イカサマ霊能者を糾弾はしたものの、この心霊現象が起こるというマンションの謎は何一つとして解明されていない。

「何か霊視をするものはありますか？」

竜泉はとりあえず何かヒントのようなものを出せと暗にスタッフに伝える。

「このマンションで行方不明になった人の写真があります」

そう言ってディレクターは数枚の写真を手渡してきた。

――あるなら、最初から出せよ。

これを出されていたらまた展開は違っていただろう。腹は立つが感謝すべきところかもしれない。

「なるほど……この人たちの霊はここにはいないと思います」

「と、いいますと？」

「正確には、オレにはこのマンションに怪異が留まっているようには思えない。この場所には、人間を呼びに来ているように感じます」

ちゃんとこの周囲の地理について下調べをしてきてしまった上に、先ほど自分と同業の似非霊能者にあのように沼にはせいぜいカエルくらいしかいないなどと言ってしまった以上はこのように言うしかなかった。

「じゃあ、どこに？」

――ま、そうくるよな。

竜泉は適当に歩き回って、それっぽいロケーションを見つけてそれっぽいことを言えばいいと腹を括って、外に出ることにした。

冴木早菜は心霊現象が起こると評判のマンションに借りた部屋の前の貼り紙を見て、茫然としていた。

――あれぇ？

昨夜、自分自身でこのような仕込みをしただろうか？　いや、していない。

「ココカラタチサレ、かぁ」

玄関のドアに貼られた白いＡ４サイズのコピー用紙にはカタカナで力強くそう書かれていた。まるで定規を使って書いたかのような直線の文字に人間味は感じられなかった。

「こわー」

というその顔は満面の笑みを浮かべていた。

勿論、嘘である。もはやその場その場が盛り上がる適当な発言が身に染みついている彼女は配信していない時の独り言ですら嘘をつく。

早菜にとっては何かが起きれば起きるほどに好都合なのであり、このようにわかりやすいものであればありがたい限りだ。

とはいえ、不自然に過ぎるような気もする。

これは心霊現象ではない。おそらく人の手によるものだ。

高校三年生までは売れないとはいえアイドルをやっていたし、今も動画配信で顔を出している。視聴者の中にはなぜか恋愛感情を向けてくる者もいた。

――ストーカー、かも。そっちの方がマズいなぁ。

動画では住所が特定されないようになるべく風景を映さないようには注意していたが、自分でも気づかないうちにこの心霊マンションだとわかるような情報が入っていたのかもしれない。過激なファンに家の周りをうろつかれるというのはあまり気持ちの良いものではない。いや、かなり不快と言ってもいい。

それでもこちらに気づかれないようにうまく隠れてくれるのなら構わない。早菜はそう考えていた。

むしろ存在に気づいてしまったことに勘づかれ、下手に刺激してしまうよりはいい。

早菜にとっては存在しない――と考えている幽霊より現実的なリスクがあるストーカーの方がよっぽど恐怖の対象だった。

貼り紙はストーカーの自己顕示欲の強さを感じさせる。貼り紙以上に自らの存在を知らしめようと姿を現したり、もっと直截的な危害を加えようとしてくる可能性もある。

このマンションにはあまり長居できないだろう。

あれは高校生の頃、早菜が放課後と休日になると神楽《かぐら》ミサオと名乗っていた頃のことだった。

当時は五人組のアイドルグループのメンバーとして活動していた。

その中で最も不人気だった早菜はグループとしては非推奨であった〝色恋営業〟に手を染めてしまったのだ。

まるで麻薬のようだった。

ライブの後には特典会と呼ばれるファンとの交流会が開催される。一緒にインスタントカメラで写真を撮り、写真にサインを入れながら短い時間の会話を楽しむ。

もともと早菜は口下手で会話を盛り上げることができず、客のリピート率が低かったのだが、他のメンバーが歯の浮くようなお世辞でファンを喜ばせ、大勢が何度も何度も決して安くはない金額を彼女たちとのたかが一分二分のために注ぎ込んでいるのを羨ましく思っていた。

その様《さま》を見て、同じように、いや、それ以上に客を惹きつけるために客が抱く恋愛感情を利用することにした。

大金を使うことで、ライブ会場の外でも会えたり、恋愛関係になれるかのような期待感を持たせるように振る舞い始めたのだ。

この時、彼女の中の倫理観が壊れた。

もはやすべてを嘘で塗り固めることに躊躇がなくなってしまったのだ。

これまでも客に対して「好き」という言葉は使ってこなかったし、この時からも使ったことはない。しかし、ファンに遠まわしに「好き」だと言っているかのような迂遠な言い回しをするようになった。

面白いようにファンは増え、毎回のライブで誕生日かのように贈り物の山ができた。

悪魔に魂を売ってから半年経った頃には早菜の収入はサラリーマンの平均を超え、高校生が本来なら持ちえないブランドバッグなどを所持できるようになっていた。

この頃の自己肯定感を取り戻すことはこの先一生ないだろう。この世のありとあらゆるものに愛されているかのように思えた。

アイドルになった当初の綺麗な衣装を着て、ステージで素敵なパフォーマンスをしたいなんて気持ちはとっくに消え失せていた。

しかし、夢のような時間は長くは続かなかった。

いつからか出待ちというには不自然な場所に一人のファンを見かけるようになったのだ。

「ライブお疲れ様」

「ありがとー、偶然だね。またね」

——偶然？　違うよね。

男は不自然なほど特徴がなかった。記憶力には自信がある早菜がなかなか名前を覚えられないほどには。最終的には新規ファンでもないのにパッと名前が思い出せなければ、この男だという消去法的な特定の仕方で名前を呼ぶようになっていた。

この男はストーカー化するようなタイプとは思えなかったということもあり、よりいっそう不気味に感じた。

それからというもの、ライブ帰りの色々な場所で彼を見かけるようになった。

声をかけてきたのは最初の一回だけであり、それ以降は遠くからじっとこちらを見つめており、目が合うとふっと姿を消してしまう。

——絶対、見間違いじゃない。あいつだ。

それからは常に誰かに付きまとわれているのではないかという不安を振り切るために、わざと遠回りをしたり、タクシーを使ったりしたが必ずあの男と目が合った。

もともとあまり歌もダンスも上手い方ではなかったが、日に日にパフォーマンスは低下していった。

今度見かけたら、こんなことをやめるように怒鳴ってやろうと意気込んでいたある日、早菜はライブハウスを出てから駅までの間に男を見つけた。

人間がとても入れないような隙間に。

男は縦に引き延ばされ、長細い棒のような状態でビルとビルの隙間からこちらを見つめていた。

目の錯覚か何かだろうとは思うものの、近寄って確かめようという気にはなれない。

縦長の口がこう動くのが見えた。

「スキ」

その日の晩、早菜はプロデューサーにグループ脱退の意思を伝えた。

彼女の稼いでいた額というのは相当なものだったと思うが、なぜか引き留められることはなかった。

辞めてからはあの幻影を見ることはなかった。

早菜の中ではあの時の出来事は虚飾のストレスによるものだったのだろうと結論づけている。

そしてあの日以来、早菜は大抵のことをその時の恐怖心と比較することで、何も怖いと感じなくなってしまった。

——あんな不気味なものを見ちゃってもあたしはまだ生きてる。


早菜は配信で飲むための酒を買いに外へ出る。

実際には配信中には殆ど飲んでおらず、実質は小道具やインテリアとしてしか使っていないので銘柄などはどうでもいい。

駅前のディスカウントストアへ向かう途中——。

「あれ、冴木さん?」

早菜に声をかけてきたのはサークルOBの山城龍彦だった。彼女は山城のことは嫌いではなかった。いや、むしろかなり好意的に見ていた。

マイナーとはいえ出版社に勤めていて現役のサークル員たちからも尊敬を集めているのに、偉そうにすることもない。

どうやら他人の顔と名前を覚えるのは自分と同様に得意であるらしく、何度か飲み会で話したことがある程度の早菜にもこうして気づいて向こうから声をかけてくれるのもありがたい。

しかし、なぜこんなところに彼がいるのだろうか。

「山城さん、どうしたんですか？　こんなところで」

「俺？　今、この辺に住んでるんだよ」

「えー、そうなんですかー。偶然ー。あたしもなんですよー」

早菜は山城の職業も職場の場所も知っている。なぜなら大学のすぐ近くの出版社だからだ。こんなところに住んでいるのは不自然だ。

——ひょっとしてあたし嘘つかれてる？　でもなんの意味があって？　わかんないなぁ。山城さんがストーカーってこともないだろうし。むしろ山城さんなら別にいいんだけど。

早菜は自分が嘘つきであるという自覚があるからか、他人の言うこともすべてが本当だとは思わない傾向にあった。

「そうだね。ビックリしたよ」

「でも山城さんがお勤めの操山出版ってここから結構遠くないですか？」

「そうなんだけど、今はもうリモートワークが多いから別に出社しなくても仕事できるんだよね。あと一番の目的はこの辺りの取材」

「取材のためにわざわざ引っ越してきたんですか？」

「会社が家借りてくれてるからね。取材が終わったら元の家に戻るつもりだよ」

「えぇ？　会社が借りてくれるなんてそんなことってあるんですか？」

編集者の仕事がどういうものなのか具体的には知らないが、わざわざ取材のために家を借りてくれるものだろうか。

常識的に考えてかなり変なことだと思う。会社もそれを受け入れて引っ越している先輩もだ。

「今まではなかったよ。今回だけ。社長がたまたま不動産屋と知り合いで超格安で借りられたらしいんだよね」

「へー、そういうことですか」

「そうそう、そんな毎回取材の度に会社が家借りてくれるなんてないよ。俺はリモートで仕事できるけどさ、冴木さんは大学行くのに不便でしょ？」

「あぁ、あたしも山城さんと一緒ですよ。この辺りに借りてるのは殆どスタジオとしてしか使ってない部屋で、本当のお家は別です」

先輩のことを訝しがっていたが、早菜自身が自分の動画撮影のために一部屋借りているということを思い出した。

自分がやっていることを他人、むしろ企業がやっていても不思議ではないと自己完結する。

一方で早菜は最近の動画で引っ越しについて話したのだが、山城がそれを観てくれていないことに少しだけ落胆した。

小野寺のような別に観てくれなくてもいい先輩には観られていて、自分の姿を観てほしい先輩には観てもらえない。

アイドル時代からそうだった。自分のところに来てほしいと思った小綺麗だったり、顔が好みだったりする客に限って他の子の列に並んでしまう。

――いや、でも最近のあたしの動画酷いからな。

よく考えなくても、早菜の動画は悪質な不謹慎行為で注目を集めるもので、観られることで嫌われはすれど好かれはしないものだった。

あれを観たところで山城に「かわいいね」などと言われようはずもない。

――じゃあ、いいか。結果的に。

「山城さんはどんな本の取材なんですか？」

彼は照れくさそうに黄昏時《たそがれどき》の砂丘のような髪を触りながら教えてくれる。

「この辺りって色んな伝承とか怪談があってさ、それのルーツを探ってるんだ。でもそれがちゃんと面白く繋がるかどうかはわからないんだよね。俺、あんまり頭良くないからさ。考察とか苦手なんだよ」

「そうなんですねー。やっぱりこの辺りって怖いことよく起こるんですかね」

「ここだけの話なんだけど」

高身長の山城が少し身体を低くして、声を潜める。

都心から離れたベッドタウンの道端である。声を潜めなくてもそもそも人通りもない。何も意味はないように思えた。

とはいえ、善良そうな彼にあまりそういう皮肉めいた指摘をする気にもならない。むしろこういう抜けたところに愛嬌や善良さを感じる。

早菜は大人しく、彼の口元に耳を向ける。

「実際に怪奇現象を目撃した人が結構いるんだよ。呪われたっていう人や行方不明になった人もいる。原因はわからないけど、この辺りの川や沼に関連してるらしいんだ。引っ越してきちゃったなら仕方ないんだけど、あんまり夜は一人で出歩かない方がいいよ。できるなら更新を待たずにこの町を離れた方がいいかもしれない」

「水辺に何かあったんですか？」

早菜の住むマンションで起こる怪奇現象とも何か関係があるのかもしれない。

彼にとって早菜は商売敵というわけでもない上に動画も見ていないのであれば、多少は情報をくれる可能性がある。

早菜は彼に対して好意を感じながらも利用してやろうという狡猾《こうかつ》さも持ち合わせていた。

「河童の呪いだっていう話を神社で聞いたけど、本当かどうかは疑わしいんだよね。裏付けになる資料が見つからないからよくわからないんだ。行方不明事件の噂もあるし」

「えー、こわーい」

早菜は幽霊や怪奇現象というものを信じてはいるが、怖がってはいない。

この山城という先輩もまた信じてはいるようだと思った。怖がっているのかどうかはよくわからない。

「そうだよね、怖いよね」

「はい。めちゃくちゃ怖いですー」

口ではそう言っておく。

「俺も仕事だけど怖くて水辺には近寄れないんだよ」

「それはダメじゃないですか？」

早菜は怖いからといって部屋まで借りてもらっている編集者が現地取材を放棄するなんてことが許されていることに驚きを隠せない。

「俺、泳げないんだよ」

「意外です。海とか好きそうな感じなのに」

「髪色が派手だからねー。海だけじゃなくて、パーティとかも好きそうってよく言われるよ。行ったことないんだけどさ」

「確かによく見たら、色白ですもんね」

高身長と派手髪でパッと見は遊び人風なのだが、たれ目で気は弱そうだし、オカルト本を作っていたりと不思議な人だと早菜は思っていた。

「じゃあ、そろそろ俺行くよ」

「はい、お疲れ様です。山城さんもこの辺にお住まいなんですよね？」

「うん、まぁ、そうだよ。この辺」

「今度、ご飯でも行きましょう。あたし、引っ越してきたばっかりでこの辺りのお店とかよく知らないので教えてください」

「あー、いいねいいね行こう。うちでバイトしてる小野寺さんも連れてくよ。女の子いた方が安心でしょ？」

「あー、はい。えーっと、そうですね」

――この人、天然なんだよなぁ。女の中でも特に小野寺さんはいない方がいいって。あの人苦手だし。

「じゃあ、またね」

「はい、お疲れ様でした。取材がんばってください。本絶対買います」

「本はあげるから、買わなくて大丈夫だよ」

山城はそう言って駅に向かって去っていった。

早菜は落胆を見せずにその背中を見送った。

しかし――。

「さてと」

――川や沼ね。行かないわけないじゃん。情報提供ありがとうございまーす。

早菜は遠ざかる山城の背中が見えなくなったところで、本来の表情を取り戻した。

「冴木さんに会ってきたよ」

以前、一緒に行ったことがある喫茶店でグルテンフリーのチョコレートケーキを食べながら小野寺に先ほどのことを告げた。

「え？　会ったんですか？　は？　なんで！」

冷静沈着な小野寺が驚いていることに、山城は逆に驚き慄《おのの》いた。声を荒らげるところを初めて見た。

「ちょっとくらい脅かしておこうと思って」

どうやら自分のやったことは完全に不正解だったらしいと気づいた山城は、彼女のマンションのドアに脅迫文を貼ってきたことはもう報告できないと思った。

小野寺に知られるのは時間の問題だとしても。

「山城さん、何もわかってませんね。一緒に観ましたよね？　冴木さんの動画」

先ほどは言わなかったが、山城は冴木の『サーナの不謹慎チャンネル』を小野寺と共に会社で観ていたのだ。

眉間に皺を寄せる山城と小野寺とは対照的に画面を覗き込んできた社長の矢田部は「こいつはアホっぽいが、才能はあるかもな」と大笑いをしていた。

「観たからこそだよ。このままだと絶対に危ないところに行くだろうし、呪われるかもしれないじゃないか」

「あのですね、冴木さんは行ってはいけないと言われたらむしろ行くタイプです。断言できます」

――言われてみたら、そうだな。やっちまった。

「確かに。考えなしだった」

――いや、考えたからこその失敗だな。俺はホントにアホだな。

山城は肩を落とす。

「仕方ありませんね。これからどうするか相談しましょう。そんなに気を落とさないでください。大丈夫ですよ、なんとかなります。別にクイズじゃないんですから」

――確かにそうだな。これはクイズじゃない。ちょっとくらい選択を間違えたって、その後の行動で取り返せる。不正解を正解にだってできるはずだ。

当然ながらこのマンションの外に出るということは事前に伝えていなかったので、竜泉は織田に嫌味を言われることになった。

しかし咄嗟に出たアイディアではあってもこのマンションを事故物件として世間に喧伝《けんでん》しなくて済むということに竜泉は安堵していた。

自分がここの住人だったとして、オカルト番組に食い物にされた挙句、物件価値を暴落させられては堪らないだろう。

竜泉自身は幽霊も怪奇現象も信じてはいないが、これまで番組の内外で幽霊を信じる人間と多く接してきた。このマンションにそういう人が住んでいないとも限らない。

竜泉は先にロケバスで待っている織田のところへ向かう。

周囲に気を遣われているのか、彼女が人払いをしたのか、ロケバスの中は竜泉と織田の二人きりだった。

「あの二人のインチキを見破るところまではよかったけど、外に出る可能性あったなら先に言いなさいよ。勝手なことしてくれちゃって」

「悪かったよ。でも、あんな風にやっちゃった以上はもう外でやるしかないだろ。あの部屋で今度はカエルのお祓いでもやった方がよかったか？」

「冗談じゃない。外行く方が百倍マシよ。撮影許可なんて後からでもなんとでもなるんだから」

「それなら良かった」

「でも、プランはあるの？」

「あるか、そんなもん」

先のことまで考えてはいなかった。土地の歴史を調べていたのは、自分が使える可能性があると思っていたからだ。

ライバルの似非霊能者の揚げ足取りに使う想定ではなかった。

「準備できましたー」

ADが呼びに来る。

「ちょっと待って。こっちはまだ」

「あ、はい」

ADは怒られたというわけではないのに、まるで叱られた子犬のように去っていった。

「ここでダラダラ話してても埒《らち》が明かねぇよ。行こう」

「どうすんのよ？　ちょっと時間取って構成作家と電話で打ち合わせする？」

「いらねぇよ。なんとかするよ」

「なんとかって何？」

「歩きながら、こっちから霊気だとか邪気だとか感じるとか言って、人が住んでないそれっぽいスポット見つけたらストーリーでっち上げて、三人でお祓いパフォーマンスやって終わり。どうだ？」

「上手くいくの？」

「これまでだって上手くやってきただろ」

「確かにね。でも、あとの二人はあんたの金魚のフンで頼りにならないし、一人でなんとかしなきゃいけないのよ？」

「別に作家もこれまで大して役に立ってねーよ。殆どアドリブで乗り切らなきゃいけない番組構成だったじゃねーか。あんなペライチの台本あってもなくても一緒だよ」

織田が今回の特番のためにどういうストーリーを思い描いていたのか竜泉にはわからない。ひょっとしたら、あのマンションに何かを仕込んでいたのかもしれない。

しかし、竜泉は世の中なるようにしかならないと考えている。今回もこのような流れになってしまったのだ。

似非霊能者たちを排除してもなお、この撮影前から感じている嫌な予感は続いているが、流れに身を任せる以外に選択肢はない。

「行こう、もう夕方だ。今日中に終わらなくなる」

どうせ数日に跨《また》ったとしても、繋げて一日の出来事のように見せかけるだけなのだが、竜泉自身が面倒くさいと思っていた。

「わかった」

背後に織田の不安を感じながら、竜泉はロケバスの外に出た。

カメラマンが後ろ向きで歩きながら撮影する姿に竜泉はいつも感心する。よく転ばずに歩けるものだ。

「竜泉さん、先ほどはお見事でしたね」

ディレクターが媚びた声で話しかけてくる。

「いえ、オレは当たり前のことをしただけで。それにあんなインチキは許せませんからね」

それを聞いて、元地下アイドルと占い師が声をあげて笑った。

画面のこちら側と向こう側で笑いの意味はまったく違う意味にとられるだろう。

普通に考えればどちらか片方が本物だと思うだろう。

——両方共が嘘つきなんだもんな。

「さすがですね」

「いえいえ。さぁ、行きましょう」

――どこに？　知らねぇよ。適当だ。

「あちらの方角から嫌な気配を感じます」

竜泉が足を踏み出すと、遠くで子供が手を振っているのが見える。

この辺りの子供だろうか。

――ちょうどいい。あいつを幽霊ってことにしちまうか。

「子供の霊が見えます。我々をどこかに誘おうとしているようです」

竜泉がそういうと、元地下アイドルと占い師は少し困惑したような表情を浮かべる。

近所の子供をいきなり幽霊扱いするということに抵抗があるのかもしれない。

あの子供をそのままテレビで晒《さら》し者《もの》にするというのであれば竜泉もこうは言わなかっただろうが、どうせモザイク処理されるのだ。

「あとで画像処理してもらうから合わせてくれ」と伝える。

どうせここは編集で切られるからはっきり口に出しても問題ない。

「私にも見えます」「ええ、何かこの先に邪悪なものがあるのかもしれません。お二人とも気を付けて」

竜泉は子供が近づいてこないのをいいことにしばらくは子供の後ろをついていくことにした。

時々こちらを振り返りはするものの、距離は一向に縮まらない。それはむしろ好都合だった。

話しかけてこられると、流石に幽霊でも心霊現象でもないことがはっきりしてしまう。つかず離れずの距離を保ってくれている間は番組の演出として使える。

見失ったり、帰宅してくれるならそれはそれで構わない。

竜泉たちはありもしない気配を感じているフリをしながら、都会と田舎の境界線上を歩いていく。

この辺りはこのまま均衡が保たれるのだろうか、それともこの田畑は町に飲み込まれてしまうのだろうか。

竜泉は二度とこの地へ来ることはないだろうと思いながらも、そんなことを考えていた。

田舎の風景に対しての思い入れもなかったが、完全に都会化してしまうとそれはそれで寂しいような気がする。

子供は境界線から山の方に向かっていった。竜泉たちも都会の気配を背後においてついていく。

カメラクルーを引き連れてのんびり距離を保って移動していたが、そろそろあの子供に追いついてしまうかもしれない。

徐々に距離が詰まっていく。

――どこかであの子供は消えたことにでもするか。カメラ止めてる間に出演料ってことで小遣いやってもいいな。

しかし、竜泉は前を行く子供の姿をはっきりと視認して大きな違和感を覚える。

「雨、降ってたか？」

よく見ると子供は濡れているようだ。

水が滴《したた》っているわけではないが、髪の毛がべったりと頭に張り付き、洋服も重たそうに見える。

竜泉は誰かに対して問いかけたわけではないが、元地下アイドル霊能者が反応する。

「降ってないですよ」

「だよな」

竜泉は急にあの子供が何らかの意図を持って、自分たちを誘導しているのではないかという気がして、薄気味悪くなってきた。

――風邪ひいても良くないし、そろそろとっ捕まえるか。

竜泉が少し足を速めると、周囲も何も言わずに速度を合わせてくる。

そして角を曲がったところで、子供は忽然《こつぜん》と姿を消していた。

「山に入ったのか」

小さな山が幾つか連なっており、子供は山中に足を踏み入れたと思われた。

「どうします？　ここで何か適当なパフォーマンスやってお茶濁します？」

小声で占い師に問われるが、竜泉は首を縦には振らなかった。

「少しだけ山に入って、適当な祠《ほこら》とか岩みたいなものに何かをこじつけて終わりにしよう。山全体だと対象が大きすぎて視聴者もピンと来ねぇだろ」

「たしかにそうですね」

占い師は口ではそう言いながらもあまり納得はしていないそうな口ぶりだった。

――不満そうにしやがって。じゃあ、お前が仕切れよ。オレだって、着物で山なんか入りたくねーって。

山には車道が通っており、一同は端を歩いて登っていく。

車とすれ違うことなく、ある程度まで進んだところで竜泉が立ち止まる。

「ここだ」

彼が指差したのは獣道のような登山道だった。そこに小さな子供の靴跡のような凹《へこ》みがある。

先ほどの子供はここから山中に入っていったのかもしれない。

そうだとしたら本格的に暗くなる前に見つけないと大ごとになる。

怪奇現象だ霊能だとかふざけたことをやっている場合ではない。

行方不明事件を解決したとなれば織田は番組が盛り上がると喜ぶだろうし、万が一のこと
――怪我や最悪命にかかわるようなことがあった時にはさらに喜ぶだろう。

完全にメディア側の人間である織田の倫理観は狂っているが、竜泉は染まりきることはできていなかった。

ふざけた子供を泳がせて、番組に利用はしたがこれ以上のことを求めてはいない。

「急ごう」

竜泉は自分の履物が下駄であることに歯噛みしながらも、藪の中へと足を踏み入れていく。

「ちょっと待ってください」

背後からはスタッフから制止する声が聞こえてくるが、どうせちゃんと追いかけてくるに決まっていると高を括って歩みを止めない。

ほんの数分歩いたところに〝それ〟はあった。

沼。

池と呼ぶには濁り、淀んでいる。木々の間を縫って差し込む光もそのどす黒い水に吸い込まれているかのようだ。

このロケが始まる前から感じていた嫌な気配がこの沼とぴったり重なる感触があった。

そこで竜泉は見た。

沼の中からこちらをじっと見つめるあの子供を。

まるで泥人形のようだ。

泥の間から覗く目には何の感情も読み取れない。

――あれは、人間じゃない。俺には……わかる。

「おいっ」

竜泉は息を切らしながらも、きちんと背後にくっついてきていた二人のインチキ霊能者たちを振り返る。

そして彼女たちの目を見て、すべてを理解した。

――あぁ、そうか。そうだったのか。

彼女たちには見えていないのだ。

沼からじっとこちらを見つめるあの子供が。

そして見えていなかったのだ、ここまで自分たちを誘導してきた濡れ鼠のような子供の姿も。

「竜泉さん、何が見えてるんですか?」

彼の顔を見て、地下アイドルはそれが演技ではないことを悟ったのだろう。

「お前らには見えてない……〝何か〟がだよ」

そう答えるより他なかった。

沼の方を振り返ると、沼からこちらを覗く目が増えている。

この辺りの水辺で殺された人間が怪異となってここに集まっているのだろうか。

一人、二人と泥に塗《まみ》れた顔が増えていく——そして、中心の一人は異彩を放っていた。

——一匹デカいのがいる。

緑の汚泥《おでい》だらけの長い髪の毛の間から覗く怒りと悲しみに満ちた瞳。

竜泉はこの瞳と目が合った瞬間、この地で何が起こったのかを感覚的に理解した。

——あいつは人を殺している。ここに引きずり込んでやがる。

これまでも何度かこういう得体の知れないものを感じた経験はあるが、それをすべて勘やなんとなくといった曖昧な言葉に押し付けて目をそらし、自らインチキだイカサマだと嘯《うそぶ》いてきた。

本物は誤魔化しや見て見ぬフリなど許さない。こちらの首根っこを摑んで、目の奥をのぞき込むように額を押し付けてくる。

脚が震え、立ってはいられない。

生まれてはじめて腰が抜けるという感覚を理解した。

膝が湿った土に沈み込む。

衣装が汚れることにも気が回らない。

だが、化け物は外に出てくるでも、何をするでもない。

泥塗れの怪異が自分をすぐさま引きずり込もうとはしていないらしいということに気づくと、少しだけ気分が落ち着き、なんとか立ち上がる。

――値踏みされているのか？

「カメラ一旦止めます」

その声で我に返ると――。

「良いところじゃない。気色悪くて。番組のクライマックスにはうってつけね。今の演技も流石じゃない」

ふと気が付くと、隣に織田が立っていた。

「この場所知ってたの？　子供が誘ってるとか適当なことを言いながら、いつまで連れまわすつもりかと思ったけど」

「いや、知らなかった」

しかし、本当にここに導かれたんだ、とは言えなかった。

「この後どうするつもり？」

「ここでお祓いをしよう。それで終わりだ」

しかし、沼に潜む怪異に対して、どういった行為が適切なのか竜泉にはわからなかった。

感覚は本物でも、本物の知識など持ち合わせてはいない。その場を取り繕うだけの偽物の経験だけだ。

――意味なんてない。

自身の知識をはじめとした何もかもの不足が情けなかった。

何をしたって、あの化け物の気持ちが収まることはないだろう。

きっとこれからも怒りや憎しみに駆られて人を殺すに違いない。こんな嘘っぱちのお祓いで納得するなら最初からこんなことするわけがないのだ。

織田の合図で再びカメラが回される。

「皆さん、謎が解けました。この地に蔓延《はびこ》る怪奇現象の原因はやはりここにあります」

竜泉はこの先、口にすることが果たして正しいことなのかどうかわからないでいたが、始めてしまった以上はもう後戻りはできない。

「この沼には怪異――おそらく人魚、いや河童のようなものが住み着いており、怒っています。あのマンションで起こっていた怪奇現象はおそらくこの沼を穢《けが》した者への復讐でしょう。これより我々がその怒りを鎮めます。それでもうおかしなことは起こらないはずです」

しかし、どうやら本当の意味で霊視ができる竜泉も、勿論あとの二人も、怪異を鎮めるための儀式の方法も呪文も知りはしない。

ただ三人で手を合わせて祈るだけだ。

竜泉は自身が何をしたわけでも、恨まれているわけでもないが心の中で必死に謝った。

——ごめんなさい、ごめんなさい、ごめんなさい。

この理由なき謝罪であの化け物に許されたのかどうかはわからないが、竜泉は沼に引きずり込まれることはなかった。

そして、彼はどうしたらいいのか必死に考えるも、結局何も思い浮かばないまま番組収録は終わった。

「ご協力、ありがとうございました」

武藤大樹はテレビ局のスタッフ――結局、最初から最後まで名前を覚えることはなかった――から鍵を受け取る。

「いえ」

テレビ局の収録に自宅を使わせたが、別に感謝してほしいとも思っていない。何もかもに疲れ果てていた大樹は引き払って一人暮らしをする予定で家具もほとんど処分してしまっていた。もはや胡散臭いメディアの人間に自宅に踏み込まれるということへの嫌悪感もなかった。

藁《わら》にも縋《すが》る思い、ということでもなかった。メディアに家族の行方を捜してほしいだとか、事件のことを広めてもらうことで少しでも手がかりが得られるかもしれないだとかも考えていない。

ただ、他にやることもなかったので、気まぐれに家を貸してみたに過ぎない。

「じゃあ、これで」

大樹がどこへ行くでもなく歩き出すと、肩を叩かれた。

「すみません」

声をかけてきたのは、長髪で高身長の男だった。

仕立ての良いスーツを着ている。

――あぁ、彼が。

「はじめまして、葛木竜泉と申します」

この間画面の向こうで見た着物の霊能者だと気づくのに少しばかり時間を要した。目立つ風貌の男ではあるが、受ける印象がまったく違う。

偉そうで自信に満ちた姿は仮初《かりそめ》のもので、本来は腰の低い青年なのかもしれないし、その逆なのかもしれない。大樹は他人の本心を見通せるような観察眼は持ち合わせていなかったし、どちらでも構わなかった。

「ちょっとお話ししたいんですが構いませんか？」

「なぜです？　私に何かあなたとお話しする理由がありますか？」

「あります。きっと後悔はさせません」

「宗教とかそういうものの勧誘であればお断りしたいんですが」

「そういったことではありません。お金も一切いただきません。お約束します」

大樹は男の目をじっと見つめる。

「あなたの奥様とお子様についてです」

「霊視で見つけるとか言うんですか？」

大樹は鼻で笑って言った。

――そんなもんで見つかるなら、とっくに優秀な日本の警察が見つけてるだろ。

竜泉は眉間を押さえて、ゆっくりと言葉を紡いでいく。

「近からず遠からずといったところなんですが……信じていただかなくてもいいんです。まずは話を聞いていただけませんか？　その上でご判断いただきたいと思っています」

詐欺師は自信満々に話すものだと思っていたが、この男があまりにも苦しそうに、そして申し訳なさそうに言うので、大樹は今はこの男の話を聞いてもいいような気がしていた。

「わかりました。では、少しだけ」

「ありがとうございます。少し込み入った話になるので喫茶店にでも行きますか」

込み入った話などせずこの場でさっさと話してほしかったが、移動するというのでこの場では聞き出さないことにした。

少しでも時間をかけてこの男を見極めたかったということもある。

大樹の予想としては、番組収録中におそらくあまり表沙汰にはしたくないルートで妻と息子の行き先の手がかりを見つけ、それを暗に伝えようとしてくれているのではないかというものだ。

それなら彼の口ぶりにも筋が通る気がする。

大樹は竜泉に誘導され、近所の喫茶店へ向かう。

道中で竜泉が天気だとか最近食べて美味しかったものだとか当たり障りのない話題で会話を広げ、大樹は少し気が晴れたように感じた。

なるほど、見てくれも整っており、これだけ話し上手であれば大勢から好意を向けられるだろうし、その中から霊能力があると信じる人間が出てきてもおかしくはない。

彼はきっと霊能者などという胡散臭いものではなくても大成する器であるように大樹には思えた。

「ここにしますか」

彼が指差した先には小さな喫茶店があった。この辺りに居を構えてから数年経つが、徒歩圏内にあるにもかかわらず存在にすら気づかなかった。

——こんな所に店があったのか。

あまり喫茶店を使う機会がないということもあるが、この店構えはまるで住宅地に溶け込むことを目的としているようで客に見つけてもらおうという意思が感じられない。

まったく流行っていないだろうが、〝あえて〟なのかもしれない。店主の道楽の店で新規客をあまり歓迎していないということも考えられる。

狭い店内には小さなカウンターとテーブルが三つ押し込まれていた。

調度品に特徴があるわけでもない。コーヒーの味で勝負しているということだろうか。

大樹と竜泉は二人掛けテーブルの端に向かい合って座る。

「私が奢《おご》りますよ。お好きなものを頼んでください」

「コーヒーをいただきます」

「承知しました」

おとなしそうな男性店員が注文を取りにやってくるが、トイレを我慢しているかのような不自然な動きをしており、大樹は少し気味が悪いと思った。

――なんだ？

しかし、店員の奇妙さに気づいているのか、見て見ぬふりをしているのか竜泉は意に介した様子もない。

「ホットコーヒーを二つ」

「はい、コーヒーのホットをお二つですね。あの……その……葛木竜泉先生ですよね？　ファンなんです。サインいただいてもよろしいでしょうか？」

――あぁ、この男のファンなのか。それでもじもじしていたわけだ。

「もちろんもちろん」

大樹はファン対応を先に済ませるよう促し、竜泉もにこやかに頷いた。

差し出された色紙にサインを入れながら、竜泉は店内を見まわしている。

「良いお店ですね」

「ありがとうございます。でも客入りが悪くてもう畳もうかと思っていたくらいで」

「今、霊視したところによると、少し気の流れに淀みが見えますね。悪い霊が住み着いているようです」

竜泉の口調が明確に変化した。

あえて胡散臭い話し方をしているように思える。

大樹は霊と気の違いなどわからないが、口から出まかせを言っているようにしか思えなかった。

「やはりそうですか。そんな気はしていたんですが」

「そうでしょう、そうでしょう」

「どうしたらいいでしょうか？　アドバイスをいただければ相応の謝礼はもちろんお支払いさせていただきますので」

「謝礼なんて結構ですよ」

「そういうわけには」

「では、我々にコーヒーを一杯ずつご馳走していただけますか？」

「そんなものでよろしいんですか？」

「ええ、もちろんもちろん。では、紙とペンをお借りできますか？」

「はい、コーヒーと一緒にお持ちします」

竜泉は店員――おそらく店主が持ってきた紙にペンを走らせる。

コーヒーが冷めないように飲みながら横目でその様子を眺めているが、この店の間取り図を簡単に書いた後に、改善点を箇条書きにしているようだった。

別に高級な壺を買えだとか、縁起の良い置物を置けだとかいうことでもなく、まっとうな経営コンサルタントの意見に思えた。

「この通りにすれば必ずこの店が流行る、とは言い切れませんが、特徴を作ってある程度ターゲットを絞った方がファンがつくものです。万人受けを狙っても上手くはいきませんからね。あと私も色んなところで宣伝しておきましょう」

──どこが霊視だ。まっとうが過ぎる。

「ありがとうございます。明日、いや今日からすぐにやります」

そして店主は深々を頭を下げて、奥へと引っ込んでいった。

「竜泉さんって飲食店でも経営されていたんですか？　あれ、別に霊視とか風水とかそういうものじゃないですよね」

胡散臭い演出は入れていても、内容に嘘くささはなかった。

大樹が尋ねると照れくさそうに、竜泉は頭を掻いた。

「この仕事の前はホストクラブにいたんですよ。大っぴらにしているわけではないんですが、週刊誌には小さい記事も出ましたね。隠しきれるものでもないので」

「あぁ、なるほど」

大樹は目の前の男の立ち振る舞いに腑に落ちるものがあった。

「まだ抜けてないですか？　ホストっぽさ」

「ええ、しっくりきました」

「胡散臭いですかね？」

「どうでしょう。でも誠意のようなものは感じられます。他人を悪意で騙そうという意図は感じられないので好感は持てます。これもあなたの術中に嵌《はま》っているとも考えられますが」

「別にあなたを騙したところで一円にもなりませんよ」

「そうですね。実際にあまり金はないですし」

「でも多少は信用していただけたようでよかったです。これからするお話ですが、正直あまり信じてはもらえないような内容なんですよ。いや、おそらく信じたくないと思います」

霊能者の言うことなど端から信じる気などない、と思っていた。先ほどまでは。

この男は多少は信用できる、今はそう思っている。

ホスト時代に身に着けた立ち振る舞いなのかもしれない。だが、彼になら騙されてやってもいい。騙されたところでもはや失うものなどないのだ。

しかし、彼は何を言うつもりなのか。『込み入った話』としか言っていなかった。

「先ほどのコンサルモドキをご覧いただいた後にこんなことを申し上げるのもおかしな話なんですが、おそらく私の霊能力は本物です」

大樹は目の前の男がまるで聞いたことのない外国語を発したかのように感じた。

――何を言ってるんだ、この男は？

と思いつつも、既に彼の発言を無視したり突っぱねたりしようという気はなかった。

無言のまま、続きを待つ。

「私は自分にそんな力があると昨日までは信じていませんでした」

「昨日いきなり能力に目覚めた、なんて話ですか？」

「いいえ、以前からわかってはいたんです。見て見ぬふりをしてきただけで。勘がいいとか、運がいいとかそんな風に自分に言い聞かせてきました。でも、私は昨日見てしまった」

大樹は息をのむ。

この後に続く言葉を察してしまったから。

霊能力者が見てしまったのであれば——それはおそらく生きている者ではないだろう。

「あなたの奥さんと息子さんは生きてはいません。ご遺体は上がらないでしょうが、この辺りの沼で溺死したと思われます」

——そんな馬鹿なことがあって堪るかっ。

とは口に出来なかった。言葉が出てこない。

「この近くの山には貯水池や沼がありますよね？」

「ありますね」

「捜しましたか？　ひょっとして捜索範囲内なのに無意識にその方面を避けていたり、選択肢から外したりしませんでしたか？」

大樹はそう言われて、はっとした。

確かに捜すべき場所にもかかわらず捜していない。

「呼んでいない人間をむやみに近づかせない何か見えない力のようなものを感じました。仕方のないことだと思います」

彼の言うことがあまりに唐突で漠然としているからか、それとも心のどこかでそうかもしれないと思っているからか。

しばらく黙ってテーブルの木目を見つめる。自分は何を言えばいいのか。

「二人が死んだ場所はわかったんですか？」

彼を信じているわけではないが、他に何を言えばいいのかはわからなかった。

不思議と怒りの感情は湧いてこなかった。

「ダウジングとは違いますからね。私が見た幻影のようなものが死んだ場所なのか、今ご遺体がある場所なのかはわかりかねます。この辺りの水場は地下深くで繋がっていたり、水流が急だったりするようなので、お亡くなりになってすぐに見つからなかったのであればどこかに流されたのかもしれません。でも、私が見たあそこ——登山道から脇道に入ったところにある沼には何かがあるんでしょうね、見える見えないはともかくとして」

「なるほど。二人はどうして溺死したのでしょうか？　妻は息子が失踪した時も、自分自身が姿を消す前にも悪魔に攫われたのだ、というようなことを言っていましたが、何か関係あるのでしょうか？」

竜泉は一瞬瞠目《どうもく》した後、目を閉じる。自身が見たものとこの発言をすり合わせているのだろうか。

「そうですか。そんなことを……。私が見たものは水の中からこちらを睨む邪悪なものと、おそらくそれに引きずり込まれた人たちです。その中にあなたのご家族と思しき人たちがいた、ということは言えます。もともとご自宅を撮影でお借りする時にご自宅で起こっていた怪奇現象とご家族の行方不明については伺っていましたし、写真を拝見していたのですぐにわかりました」

そして、コーヒーではなく汗をかいたグラスの水で口を湿らせた竜泉は続ける。

「息子さんはあなたによく似ていました。奥様があの水の中にいたものを悪魔と呼んだのであれば、あれがそうなのかもしれません」

荒唐無稽で馬鹿馬鹿しい話だ。

だがそう思っても、否定する言葉がどうしても出てこなかった。

「あれがもともと何だったのかはわかりません。悪魔なのか河童のような妖怪なのかはたまた全く別のものなのかもしれません。それがあの沼や水辺に引きずり込むために人を呼び寄せているんでしょう。実際に引きずり込む人間は選別しているようではありましたが、あのマンションの人間を主に狙っているようでした」

大樹はこれまでのことと彼の発言を頭の中で反芻《はんすう》する。

確かめようもないし、そもそもこの男に霊能力があるという最も信じがたいことが前提とはなってはいるが、特に矛盾はないように思えた。

「なるほど」

「別に信じなくてもいいんです。私はただ自分の言いたいことを言ったまでです。それにあなたの奥様と息子さんを証拠もないのに死んでいると決めつけるというのは失礼極まりないことです。私は殴られてもいいと思ってここに来ています」

「信じたくは……ありません。でも、なぜかあなたの言う通りだという気がしてならないんです」

大樹のこの言葉は嘘偽りないものだった。

心霊番組に応募した時点で自分の中にも非現実的な何かに二人が巻き込まれたのかもしれないという予感があったのかもしれない。

「その沼に二人の魂——のようなものがあるとして、二人はそこに囚われているのでしょうか？　花でも供えれば成仏してくれるものですか？」

「正直、私は人より少し霊感が鋭いだけのホスト崩れです。成仏という概念もよくわかっていません。ただ、感じた悪意や怒りは花を供えたくらいではなんともならないような気はします」

「では、どうしたら？」

「考え、はあります。正しいかどうかはわかりませんが」

大樹にはその時の竜泉の表情は何かを諦めたかのようで、決して良いアイディアを発表する時のものには見えなかった。

駅前で小野寺が捕まえた女性はかつて彼女の同級生だったらしい。

駅ビルの二階に入っているチェーン系喫茶店で彼女と山城、小野寺は向かい合って座る。

「久しぶり」

「久しぶり、近藤《こんどう》さん」

派手な化粧と服装の彼女は近藤というらしい。

「うちに来たでしょ？」

威圧的な表情と態度ではあるが、近藤の声は少し震えていた。

「そう、連絡先とか知らないから」そして小野寺は仮面のような薄い笑みを貼り付けたまま言った。「迷惑だった？」

迷惑だったとしても、迷惑だと言える人間はいないだろうと思う。

「ちょっとビックリしたけど」

「あなたのお母さんがこのくらいの時間に帰ってくるって言ってたからちょっと待ち伏せしちゃった。顔覚えてるか自信なかったけどすぐわかってよかったよ」

小野寺に「覚えてるか自信のないこと」なんてないだろうと思ったが、置き物のように微動だにせずやりとりを聞いていた。

「訊きたいことあるんだけどいい？」

「いいよ。ダメって言ったら何するかわかんないし」

「毎日家に行くかな」

平然とそう言い放つ小野寺に対し、近藤は露骨に不愉快そうな顔をする。

おそらく彼女は本当にやる。近藤もそう思っているのだろう。

「冗談だよ。それに何も知らなかったら、どっちにしろ他の子当たるから」

話が聞けそうだから、冗談ということにしたように思えたが、山城は余計な口を挟むようなことはしなかった。

「そう」

「じゃあ、早速なんだけどさ、田村さんって今どうしてるか知ってる？　弟さんが行方不明になった田村美琴《みこと》さん」

この質問は意外でもなんでもなかったのか、近藤は一口も飲まないままのコーヒーカップを見つめたまま話し始める。

「あの子捜すためにうちまで来たの？　そっか。引っ越しちゃったよ。弟さんが結局見つからないし、近所の人達に河童の祟りだとかわけわかんないこと言われてさ」

「河童の祟り？」

——ここに来てまた河童かぁ。

「河童を怒らせたから行方不明になったんだって」

「なんでそんなことになるの？」

「知らなかったんだ？」

「うん。全然」

はじめて近藤は意外そうに顔を上げた。

「結構、話題になったよ」

「全然知らなかった。私、そういうの疎いからね」

「テレビでもやったのに」

「河童の祟りで行方不明になるって？」

「そうだよ」

山城と小野寺は思わず、顔を見合わせる。

確実に真相に近づいてきたという感触があった。


「よく手に入ったよなー」

山城はパソコンの前で言う。山城はフローリングに直座りで、小野寺を座椅子に座らせていた。

「やっぱり出版社ってこういうの貰える伝手あるものなんですね」

オカルト系の映像を収集しているマニアから社長の矢田部が入手してくれた動画データのダウンロードが完了する。

「雑誌でよく特集記事作るから、会社にもサブスクで観られない古いホラー映画は置いてあるみたいだけど、古い民放の番組まで保管しておくのは現実的じゃないもんな」

山城自身は学生時代からバイトをしていたとはいえ、まだ入社して間もないのでコネクションはあまりない。

会社に出入りしている外部のライター、校正者、組版業者、デザイナーくらいのもので、オカルトマニアだったり、それこそ霊能者のような知り合いはいない。

「でもそんな何十年も前の番組ってわけでもないのに知らなかったなぁ」

「私もです」

「俺たち、二人ともオカルト好きでこの仕事してるわけじゃないから仕方ないよ」

「ホラー映画の監督とか主演俳優とかは答えられますけどね」

「それはただクイズで出題されたら答えられるだけで、詳しいとは言えないだろ」

「ですね」

二人とも操山出版社がオカルト本をメインで作っているから、オカルト関係の取材をしているだけで、会社がスポーツの本を作るというのなら抵抗なくスポーツの勉強をし、選手にインタビューに行くだろう。

すぐに打ち切りになった深夜のオカルト番組が一度だけ特番をやったかどうかなど知る由もない。

「とにかく観てみよう」


画面の向こう側では霊能者を名乗る人たちが、マンションの一室にひしめいている。

そして、カメラが少し引いて、部屋の全体が見えた瞬間——山城は総毛立つのを感じた。

「あぁっ、このマンションだ」

小野寺も瞠目する。

画面の中の部屋と今まさに自分たちがいる部屋が一致している。

窓、ダイニングカウンターもまったく同じ。

「このマンションで撮影されたんだ、この番組」

さらに、出演者の一人——葛木竜泉なる霊能者がカーテンを開ける。

窓の向こうの景色にはモザイクがかかっているが、山城と小野寺にはそのモザイクはあってないようなものだった。

「この部屋ですね」

モザイク越しでもはっきりわかる。自分たちがいる緑ヶ沼マンション４０４号室とモニターの中の窓の外の景色——外に見える山や建物がぴったり重なった。

〝このマンションの〟〝この部屋で〟〝このオカルト番組〟は撮影されたのだ。

「つまり、この部屋に住んでいた人が行方不明になったってことだ」

「そういうことですね」

この霊能者たちはこの部屋に住んでいて行方不明になった親子を捜したり、怪奇現象の原因を霊視するためにやってきているのだ。

「でも、こないだ会った近藤さんの話からすると見つからなかったってことだよね」

「そうですね」

——でも、ここからどう河童の話に繋がっていくんだ？


二人で続きを観ていく——。

霊能者のうちスペシャルゲストとして呼ばれた二人が失態をおかし、偽者として排除された後に三人の霊能者——主に葛木竜泉がこのマンション自体に怪異はおらず、どこからか呼びに来ているのだと告げ、沼地へとたどり着いた。

「子供の霊に誘い込まれてるって演技上手いよな、この人。本当に子供の霊がいるような気がする」

「今調べたんですけど、この人もともと舞台役者だったみたいですよ。演技が上手いから霊能者役に抜擢《ばってき》されたんでしょうね」

俳優が霊能者役を演じているということらしい。あとの二人もそうなのかもしれない。

葛木竜泉が沼の前で崩れ落ちる場面は正直かなり大げさに見えたが、真に迫っているようにも感じる。

山城には彼の全身の震えや汗が演技だとは思えなかったが、小野寺は冷ややかに「おそらく一回止めて霧吹きで汗作ってるんですよ」と言った。

画面の中の竜泉は沼の中にはこの一帯の水辺で怪異に引きずり込まれた霊たちが集まっていると言った。

『子供が多いが、一際目を引いたのが女性の霊です。きっと沼に落ちた子供を助けようとしたんでしょうが、河童に足を引っ張られ、一緒に溺れてしまったんじゃないでしょうか。きっと優しい方だったんだと思います』

そして沼の怪異である河童の怒りを鎮めることでしか、いまだに魂が囚われている人たちを救うことはできないと彼は言った。

「適当言ってますね」

小野寺が鼻で笑う。

「そうなの？　なんか腑に落ちたんだけど、俺。演技にも見えないんだよな、竜泉さんの反応って。このあたりの噂のルーツってこの番組としか考えられないんだけどな」

「ルーツ、ですか。よく考えてみてください」

たしかに山城は今見たもののすべてをそのまま信じただけで、何も自分の頭で考えていないことに気づく。

「考えるよ」

山城は小野寺に向けて手を翳《かざ》し、次の発言をやめさせる。自分で答えを出す前に彼女の推理を聞きたくない。

「ちょっと時間ちょうだい」

「いいですよ。じゃあ、私飲み物買ってきますね。山城さん、何がいいですか?」

「コーラお願い。ダイエットじゃないやつ」

「はーい」

山城は財布から千円札を一枚取り出し「お釣りはお駄賃ってことで」と言って渡した。

小野寺は素直に受け取って、そのままマンションを後にした。

山城は立ち上がり、先ほど画面の奥に見えた景色を肉眼でじっと見つめる。

自分に霊感なんてものはない。

だから、葛木竜泉が本当に霊を視ているのか、視ていないのかはわからない。だが、小野寺のように百パーセント嘘だとは断じきれない。なぜなら自分だって怪奇現象には遭遇しているのだ。今となっては見間違いだった可能性も否定できないが、やはりあの首吊りの子供の霊を視た話を嘘だと言われると反論したくなる。

竜泉の発言や演技の綻びを見つけることはできるだろうかと、再び流してみるが山城にはどうしても彼が嘘八百を並べ立てているようには思えなかった。

——俺、騙されやすいのかもなぁ。

冷たいフローリングに寝転がり、これまでに身の回りで起こったことを順番に思い返してみる。

まず、この辺りの都市伝説についての本を出すために、このマンションに引っ越してきた。そして山城は浴室で首吊りの霊を目撃した。それはどうやら子供のようで、かなり小柄に見えた。

その後、小野寺と共に神社で聞き込みをして、そこで河童が祀られていることを知り、その後に彼女の同級生から話を聞いて、この霊能者たちが今まさに自分が住んでいるマンションで霊視をして、このマンションから逆探知のような形で呪いの沼に辿り着く動画に行きついた。

そして河童の祟りだということがわかったのだ。

ここに何か矛盾があるだろうか。

「あっ」

山城はがばりと身体を起こした。

——おかしい。絶対におかしいことがある。

「ただいま戻りました。はい、どうぞ」

小野寺に渡されたコーラのペットボトルを受け取る手が高揚で震える。

彼女はそれに対して何も言わずに、自分のために買ってきたドクターペッパーを口にする。

「ドクターペッパーって美味《うま》い？」

「飲んだことないんですか？」

「何味かわからないじゃん」

「コーラは何味かわかって飲んでるんですか？」

「知らない。コーラはコーラ味だろ？」

「いろんな成分が混ざった香料の味ですよ。レモンとかライムとかジンジャーとかシナモンとか入ってますね。色はカラメル色素ですよ」

「へぇ、言われてみると、ショウガっぽい気がしてきた」

「色んなことを考えたり、調べたりしてると、コーラ味だと思ってたものが実は色んな要素の複合だってわかったりするんですよ」

そう言う彼女は特に山城を馬鹿にするような口調ではなかった。

「ドクターペッパーは今度自分で買って飲んでから、成分調べてみるよ」

山城は彼女が飲むコーラによく似た色の飲料の成分について質問することはなかった。

「で、何か思いついたことがあるんじゃないですか？」

山城は長い脚を畳んで正座する。

「俺たちがこのマンションに来てからのことを思い出してたら、おかしいことがあるって気づいたんだよ」

小野寺は莞爾《かんじ》と微笑みながら、手で山城に話の続きを促してくる。

「あの番組がきっかけで怪奇現象が河童のせいだということになったのであれば、神社で祀られてることとの整合性が取れないんじゃないかな」

小野寺は小さく頷く。どうやら間違ってはいないようだ。

「番組放送後に神社で祀られるようになったってことになるもんな」

「そうですそうです。そこの時系列がおかしくなるんですよ」

「水害の資料が出てこなくて、確認できる最古の資料がまさかのマイナーなオカルト番組になるとは思わなかったけどさ。あの番組を観た神社の関係者が河童を祀り始めるっていうことはどう考えてもおかしいよな」

「不自然すぎますよね」

頭の回転が速い小野寺は既に自分より一足先に結論に辿り着いているだろう。

山城は頭の中の情報を口に出し、整理しながら追いついていく。

「現状は推測の域を出ないけど、水害のメタファーとして河童の伝承が発生したり、神社で祀ったということはなさそうだよな。図書館に行ったあの日以降も色々と探してみたけど、資料も記録も全く出てこないなんてありえない。じゃあ、どうしてあの番組で河童の祟りだなんて話が出たんだろう？って考えてみた」

小野寺は黙って頷き、その反応を確認した山城は話を続ける。

「河童の祟りのような現象自体は確かにあった。その怪奇現象に理由を付けるために水害の話の方が後から発生したのかもしれない。つまりこの辺りに住む人たちに水害を警戒させるために怪談が作られたんじゃない。因果関係が逆で怪奇現象の方が先にあって、あの番組で霊能者が河童の仕業だって言ったのを採用して噂を補強した可能性があると思う。俺が実際に怪奇現象を目にしたからそう思うんだけど。どうだろう？」

「そこまで考えられるなんてすごいですよ」

「すごくないよ。あの映像を観終わった瞬間には小野寺さんは思い至ってたわけだろ？」

やはり対等には思えなかったが、それでも山城は自分が少しずつだが追いついているという実感はあった。

「でも、私の考えは少しだけ違います」

彼女は座椅子から降りて、山城と向かい合って正座をした。

「話を聞いていただけますか？　今の山城さんにならお話しできることがあります。そして、私と一緒に考えてください」

そして、彼女はこうも言った。

「嘘つきは同じ顔をしています」

それを聞いた山城は「あ」と間抜けな声を出した。

彼もまた気づいたのだ。

嘘つきは同じ顔をしているということに。

怪異を金に換える（４）

キッチンの排水口の奥から何かが聞こえる。

水がこぽこぽいう音だ。

何かが逆流しているのかと思い、水を流してみる。だが、音は止まらない。

早菜は排水口の蓋を外して覗き込もう、という気はまったく起きなかった。

パソコンに向かうが「こぽこぽこぽこぽ」と耳障りな音が消えない。

「うるさいっ」

キッチンに向かって怒鳴りつけるが音は消えない。

こぽこぽこぽこぽ。

早菜の恐怖はいつも怒りと隣り合わせだ。

彼女は再び、排水口の前に立つとケトルで湯を沸かし、流し込む。

「このっ」

自身の手の震えが恐怖によるものか、怒りによるものかもはや本人にもわかってはいない。

熱湯がすべて注がれた後、一瞬だけあの不快な音が消えた——かと思いきや。

排水口の蓋がずれ、その隙間から目がこちらを覗き込んでくる。

何がどうなったら、目が合うというのか。

こんな狭いところに人間の頭は入らない。だが、これは動物のものではない、人間の目だ。

動物が潜んでいたって不愉快だが。

——なんなんだよっ。

「クルシ、イ」

さらにはっきりと聞こえた。

子供の声が。

カチカチと鳴る奥歯をぐっと噛みしめる。

そして、鼻をつく臭い。泥のような。

——これは、沼?

早菜の頭には暗く、深い沼に人間が引きずり込まれるイメージが湧いてくる。

——こわい。

自分の頭にこの三文字が浮かんできたことに驚愕する。

「あー、イライラする」

そう口に出したところで、玄関のドアが一瞬開いて閉まる。何かが入ってきたのではなく、
外に出ていったのだと感覚的にわかる。

きっとアレは逃げ出したわけではない。いや、仮に逃げたのだとしても許さない。

早菜はナメられるのが何より嫌いだった。

――追いかけて、動画のネタにしてやる。

それでもうこの気色の悪い心霊マンションとはおさらばだ。

早菜は作業部屋に戻ると、服を着替え、震える手で三脚とカメラを手に取る。

【『サーナの不謹慎ちゃんねる』このあと生配信をします。みんな観てね】

早菜は急遽《きゅうきょ》の生配信を決め、SNSに告知を出した。


「皆さん、こんばんは！　急な配信なのに観てくれてありがとう！」

スマートフォンで自身の顔を映しながら、夜の町を歩く。

この町の街灯の光は心もとない。

早菜にはいつもより暗く感じる。

「あたし、これから沼に行って、化け物にお酒をぶっかける配信をやります」

そしてスマートフォンから顔を上げると、街灯の明かりの下にずぶ濡れの子供が立って、手招きをしているのが見える。

――あの目、排水口から覗いてきたのに似てる、気がする。

早菜は子供にカメラを向けるがそれは液晶には映っていない。

つまり、どうやら――そういうことらしい。

子供に導かれるがまま、彼女は夜道を歩いていく。

「今日はアルコール濃いのを持ってきたんですよー」

子供の行き先はわからないが、どこまでもついていってやろうと心に決める。

——待ってろ。クソガキが。


操山出版の山城のデスクでもこの映像は流れていた。

「小野寺さん、行こう」

山城が立ち上がる。

「間に合いますかね？」

「まだ終電はあるんだ。行くしかないだろ」

「そうですね、それにこれはチャンスかもしれません」

本来なら学生バイトはとっくに帰宅しているはずの時間だ。しかし、書籍化作業を自分の目で見て勉強したいという小野寺が一緒に残りながら、冴木早菜の動画チャンネルを点けていたことで、今まさに彼女が愚かなことをしようとしていることに気づけた。

山城が余計なことを言って、早菜を焚《た》き付けてしまったこともあり、二人は常に彼女の動画チャンネルやSNSをチェックしていたのだ。

山城はスマートフォンと財布をポケットに突っ込み、小野寺と雑居ビルを後にした。

操山出版は駅のすぐ近くだ。

二人を待ってくれていたかのように停まっている電車に駆け込む。

「小野寺さん、足速いね。運動も得意なのかー」

「いえいえ、苦手ではないってくらいですよ」

山城は小野寺の体力に感心した。さほどの距離ではないとはいえ、平然としている。

頭が良くて、美人で運動も人並み以上にできてしまうとは。だが、なぜか今は不思議と卑屈な気持ちにはならなかった。

二人はちょうど空いた座席に並んで腰かける。

「多分、ちゃんとあの沼に辿り着いちゃうんだろうなぁ」

「だと思います」

「引きずり込まれる前に追いつけるといいけどね」

山城がスマートフォンを取り出し、早菜の生配信を点けると小野寺も覗き込んでくる。

「俺さ、自分のこと結構アホだと思ってんだよね」

小野寺は何も言わない。

肯定しなかっただけマシだと山城は思った。

「でもさ、自分よりアホもいるかもしれないって冴木さん見て思った。あと周りからはこんな風に見えてるのかもしれないなって」

小野寺はこの発言に対しても何も言わなかったが、口元は笑っていた。

「山城さん」

「ん？　なに？」

「冴木さんのところに行こうってすぐに立ち上がったのすごくカッコよかったです。最近の山城さん、いい感じです」

「えー、本当に？　ありがとう」

「早押しに負けた気分です」

「どんな褒め方だよ、それ」

小野寺に勝ったという気分ではないが、どうやら少しは認めてもらえたらしい。今回の取材の、良い編集者かつ、良い先輩になるという目標に近づけたのかもしれない。

彼女はそれ以上何も言わず、スマートフォンをいじり始めた。

山城もまた早菜の配信の続きを観るために手元の端末に視線を落とす。

つい先ほどまでは住宅街を歩いていたはずなのに、いつの間にか勾配が強くなっていき、人も車も見かけなくなっていく。

「皆さん、見えますか？　あたしには見えてますよ」

冴木早菜は視聴者に向けてそう言うが、視聴者のコメントを読む気などない。

それに視聴者にはきっと見えていない。この暗い夜道を迷わず歩いていく不気味な子供の姿が。

早菜は真っ暗闇の中をライトの明かりを頼りに進んでいく。

何度も深夜の山道を一人で歩いたことはある。

その度に恐怖を克服したと思うのだが、きっと古来人類に刻まれた本能的なものだろうか、どうしても動悸などの身体的な反応からは逃れることができない。

——幽霊がどうこうとかじゃなくて、怪我とか不審者が嫌なんだよねー。

足元を照らしながら、ゆっくりと進んでいく。

濡れた子供が少し先で手招きをしている。

どこが変とも言えないが、人間の偽物のような印象を受ける。

こんな夜の山道で怖がるでもなく、ただ濡れているだけ。

「あたしには見えてますよ」

幽霊に話しかける。

なぜかこの暗闇の中でライトを当てていないのに視認できるのだが、端《はな》から迷子の子供だなどと思っていないので、そこに違和感を覚えることもない。

初夏の蒸し暑さを感じることもない。

ついにアスファルトが途切れて、湿った土の道を進んでいく。

車道からほとんど歩いたという気もしないうちに鼻をつく臭いを感じる。

――排水口のあの臭い。

山の中と自宅とで同じ臭いがするということに気づき、二の腕が粟立つ。

「沼がありますね」

間を埋めるために、画面を見ればわかることをあえて口にする。

――あたしをこの沼に沈めるために呼んだ？　でも近づかなきゃ大丈夫でしょ。

早菜は首を傾げる。

もし自分がこの沼に人間を誘い込むなら、落とし穴のように巧妙に隠すだろう。

しかし、堂々と沼を晒している。

早菜は背負ってきた三脚を組み立てる。脚が湿った土にずぶりと刺さった。後から泥を拭き取るのは面倒だが仕方ない。

カメラをセットする。レジャーシートも持ってきてはいたが、腰をおろす気にはならなかった。

「さて、それじゃあ、今回もお化けと仲良くなるために色々と持ってきましたからね。試してみましょう」

早菜はリュックサックから荷物を取り出すと近くの木へと駆け寄った。

低い位置から横に太い枝が伸びていて、ちょうどいい。

満足そうに頷いて、木の幹を撫《な》でる。

「この木なんてちょうど良さそうですね」

満面の笑みでそう口にしたところで——。

「冴木さんやめて」

怒鳴るというわけではないが、はっきりと力強い言葉で早菜の行動が制止される。

ライトを向けるとそこに立っていたのは、先輩の小野寺と山城だった。

「何をやめるんですか？　お説教ですか？」

早菜は露骨に嫌悪感を滲ませて言う。

——何しに来たんだよ。お前はあたしのお母さんかよ。

「お説教じゃないよ。今、自分が何を手に持ってるかわかってる？」

小野寺の声は早菜の行為を咎めるようなものではなく、優しく諭すかのようだった。

それがまた早菜には不愉快だった。

——いったい、なんの話してるんだよ？

「何をって」

早菜は自身の視線を手元に移す。

そこにはロープが握られており——ロープの先は自分の首に輪となって繋がっていた。

「あれ？　なんで？　なにこれ？」

「死にたくないだろ？」

山城がそっと近づくと、早菜の首からロープを外して遠くに投げすてた。

「ちゃんと拾って帰ってくださいよ」

「あ、そうか。やっちゃった」

山城は照れくさそうに頭を掻く。

首から縄が外れた瞬間、早菜は自分の目から涙が溢れていることに気づくと同時に地面にへたり込んでしまった。

「危ないって言っただろ？　間に合ってよかったよ」

山城の口調もまた優しく、本心から心配してくれているのが伝わった。

改めて見ると二人とも息が上がっている。急いできてくれたらしい。

「すみません」

「謝らなくていいよ、冴木さん。山城さんは忠告や親切のつもりで『危ない』って言ったかもしれないけど、そんなこと言われたらむしろ撮影のために行っちゃうに決まってるんだから、けしかけられたようなものだよ」

「もう、そんなに俺を虐めるなよ。反省してるって」

「脅かすためにあんな貼り紙までしちゃうんですから」

早菜はマンションのドアに貼り付けられていた怪文書が山城のものだったと知ったが、笑うことも怒ることもできなかった。

落ち着いたら、思考だけでなく感情の整理もできるようになるのかもしれないが、今は何も言えない。

「もう調べることもないかなって思って部屋解約しちゃったのが失敗だったよな。もうちょっとあの部屋借りておけばよかった」

「そこは仕方ないですよ。山城さんの後に冴木さんが部屋借りるなんて誰にもわかりませんし、社長にもう解約するって言われれば私たちは撤収するしかないですからね」

早菜は二人がそれとなく自分に状況を説明してくれているのだと理解した。

「この沼ってなんなんですか？」

「河童が人間を憎んで、あのマンションに住む人間を呼び寄せて、木に吊るしたり、引きずり込んだりする場所って言われてるけど、俺たちはそうじゃないって思ってる」

「あ、来ましたよ」

小野寺が指差した先から、この沼地への道に二人の初老の男性がやってきた。

早菜はどちらも見たことはなかった。

——誰だろう？

この二人が何かを知っているのだろうか。

「遅いよ、お父さん」

小野寺がそう言った。どうやら二人のうち一人は小野寺の父親らしい。


小野寺大樹は、かつて葛木竜泉と名乗っていた男——鈴木浩太郎との待ち合わせ場所に到着する。

——懐かしいな。

かつて竜泉と二人で話をしたこの喫茶店はいつの間にか深夜営業を始めたらしい。

店内で持ち帰りのオーガニックコーヒーを買い、店の前で飲みながら待つ。

店の雰囲気はかつて来た時からはかなり変わっていた。

「お待たせしました。ご無沙汰してます、武藤さん」

「お久しぶりです、竜泉さん。今は小野寺姓なんですよ。もともと婿養子だったので」

「私も竜泉は引退しました。今はただの鈴木です」

二人とも最初に会った時とは違う名前を名乗っている。奇妙なこともあるものだと大樹は思った。

「この店、変わりましたね。雰囲気」

「あの時のアドバイス通りに店の方針を変えたようなんですが、それからもどんどんスピリチュアルに傾倒してこういう感じになったみたいです」

何の特徴も感じられなかった店は、何に使うのか想像もつかない魔術道具のような雑貨やスピリチュアル系の書籍を店内で販売しており、大きなテーブル一つを囲む席配置になっていた。

店主自身もまるでファンタジー映画に出てくる魔法使いのような風貌に変わっていて驚いた。

「流行ってはいるみたいですね」

「以前は隠れ家というよりただ隠れていただけですからね。隠すならちゃんと隠して、特定の層に向けてちょっと尖らせた方がいいんですよ」

店の独特な雰囲気は大樹にとっては決して心地よいものではなかったが、今ならこういう雰囲気に縋る人間がいるのもわかる。

「とはいえ、やりすぎに思えますけどね、私には」

「同感ですが、あのまま潰れてしまうよりはよかったと思いますよ。店主ももともと私のファンでしたからね。この店がなくなればもっと悪い人間に騙されていたかもしれない」

「ははは、確かに。あんなに素直に信じて、経営方針を一気に転換するような人ですからね。見た目もだいぶそれっぽくなってましたよ」

「風貌までは指示してませんけどね」

「今でもここ来るんですか？」

「常連ですよ。やっぱり自分のアドバイスを受け入れてくれたわけですし、繁盛するかどうか見守りたいじゃないですか」

竜泉が恥ずかしそうに頭をかく。

大樹はやはりこの男は根っからの善人なのだと再確認したし、そんな彼の人生を自分のような人間のせいで犠牲にしてしまったという罪悪感に押しつぶされそうになる。

——申し訳ない。

彼がいてくれたおかげで大樹は自分が壊れずにいられたのだと毎日感謝し続けてきた。

「カップ捨ててきますよ」

大樹は空になったカップを店内に捨てに戻る。

「私はここで待ってます。店主に見つかると話が長いので」

「でしょうね」


二人は並んで、夜道を歩き始めた。湿気を含んだねっとりとした空気が二人を包み込む。

そのせいというわけでもないのだが、どこか足取りは重い。

「しかし、娘さんはなぜ我々を呼び出したんでしょうね」

「きっと気づいたんですよ」

大樹は静かに言った。

「そうですか。武藤さん……いや、今は小野寺さんですか」

「どちらでもいいですよ」

「武藤さんはどこまでお話ししていたんですか?」

「何も」

「何も?」

「えぇ、何も話していません。彼女にとっては母親と弟が失踪して、父親は心を病んで、自分は祖父母の家で育った。それだけです。きっと真相を確かめるためにこの町に戻ってきて、何かしらの答えに辿り着いたということでしょう。だとしても、こんな深夜にあなたと一緒にあの沼に呼び出さなくても、とは思いますが」

「呼び出された場所はあの沼なんですか?」

「えぇ。でも、竜泉さんのおかげでもう大丈夫なんですよね?」

大樹の問いに竜泉は口ごもる。

「だと思っていたんですが、どうやらまだ呪いは続いているらしい、という噂を耳にしました」

——まさか。

「急ぎましょう」

初老二人では急ぐといっても限界があるが、どうやら間に合ったようだ。

「遅いよ、お父さん」

久々に会った娘は以前にも増して目つきが鋭くなっているように感じたが、それは自分の後ろめたさから来るものだろうと思いなおした。

「ならもうちょっと近場を指定しなさい、悠《ゆう》。とにかく無事で良かった」


呪いの沼地。

まずそこで山城は一つの事実に驚愕していた。

小野寺の名前が悠《はるか》でなく悠《ゆう》だったことに。

過去の自分の記憶をどこまで遡っても、苗字でしか呼んだことはないはずだが、万が一間違っていたとしても彼女は面白がって間違いを訂正してこない可能性が高い。

急に体温が上昇するのを自覚した。

社内のどこかで名前の字面だけを見たのだろうが、そこで勝手に読み方を決めつけていた自分の愚かさに辟易《へきえき》する。わからなければ訊くという取材の基本すらも身についていないからこういうことになるのだ。

そして、山城たちの前に現れた小野寺の父親は彼女にあまり似ているとは思えなかった。

既に彼女から身の上話——この辺りの出身であること、母親と弟が行方不明になり、祖父母の家に預けられたこと、父親が何も話さないこと、そしてこの事件を調査するため操山出版に自ら情報提供をしたこと——は聞いており、二人で集めた情報をもとにある程度の推測は立ててあった。

そしてもう一人、小野寺の言う〝嘘つきは同じ顔をしている〟という言葉、それを聞いて『もしや』と思ったが、こうして彼を目の前にして山城は本当にその通りだと得心した。

——この人がやっぱり。

「葛木竜泉さん、芸能界を引退した後、あの神社の宮司になっていたんですね」

小野寺の父親と共に現れたかつて葛木竜泉と名乗っていた男と、山城、小野寺は面識があった。

あの日、神社で彼らの応対をした男こそが竜泉だったのである。

かつて竜泉だった男は山城たちを前に気まずそうに視線を逸らす。

小野寺が隣にいる大樹の娘だとここで初めて知ったのだ。

「そうですね。よくご存じで」

「深夜番組とはいえテレビに出られるようになって、特番だって成功だったんですよね？　これからという時に急に引退されたのはなぜですか？」

山城が尋ねるも、かつて竜泉だった男は肩をすくめるだけで答えない。

小野寺が彼の前に進み出る。

「葛木さん、私は……その……あなたに謝りたくて」

冷静沈着で動揺や緊張とはまったく縁がなさそうな強くて賢い後輩の声が震えている。

「なんのことだか。なんとなくですよ。転職にそんなに深い理由なんてありません」

自分からは何も話す気はないらしい。

山城は自分が横からしゃしゃり出ることに抵抗はあったし、理路整然と話せる自信もなかったが、小野寺とのやりとりを思い出しながら語り始める。

☾

「私はこの部屋に住んでいました、子供の頃。どのタイミングでリノベーションされたのかはわかりませんが。そこの引き戸の奥が子供部屋で弟と二人で使ってました。そっちが両親の寝室でした。ずっと自分一人の部屋が欲しいと思っていました」

山城は彼女の話それ自体は理解できていたが、まるで無関係なおとぎ話を聞かされているような気分だった。

この心霊マンションのこの部屋で、子供の頃の彼女が暮らしていたということが非現実的に思えた。

つまり――。

今まさに自分たちがいるこの場所で小野寺は暮らし、母親と弟が行方不明になり、霊能者たちがやってきて河童に攫われたのだと喧伝し、山城と共に彼女はこの部屋に舞い戻ってきたということになる。

「最初から言ってくれたらよかったのに」

「ごめんなさい。でも、このことを知らないまま客観的な視点で一緒に考えてほしかったんです。私がのめり込んでしまうかもしれないから」

――そんなことはないだろ。絶対、冷静なままだよ。

むしろそのことを知れば、単純な山城の方こそが極端に感情移入してのめり込んでしまっていただろう。

「そっかぁ」

「でも、今私たちの手元にある情報と私自身の記憶や印象をもとに考えていけば、真相に辿り着ける気がします」

「俺もそんな気がする」

この部屋で起こったこと、調べてきたことを頭の中で過去に向かって並べ替えていけば一番最初に起こったことに行き着けるかもしれない。

「まず怪奇現象が起こるっていう噂があって、俺たちが取材のためにこの部屋にやってきたわけだよな」

「違います」

「違わないだろ」

「その前があるんですよ。そもそも私がこの地域で起こる怪奇現象の噂を操山出版に情報提供してたんですよ。神隠しとか」

「そう、なんだ」

彼女のせいで山城の引っ越しが決まったらしい。

――会社ごとまんまと小野寺さんに乗せられてるじゃないか。

「すみません、公私混同しちゃって」

「うーん、まぁ結果的には良かったんじゃないかなー。実際に首吊りの霊見ちゃったのは良かったのかどうかわからないけどさ。本当に怖かったなぁ、あれ。今思い出しても足が震える」

「私は最初見間違いじゃないかと思ってたんですよね。私がこの家に住んでた時はそんなの一度もなかったし。余計わけがわからなくなってました」

「で、怪奇現象について聞き込みをしたら河童の噂に辿り着いたんだよな」

「それも謎でした。私がいた頃にはそんな話聞いたこともなかったんで」

「神社で聞き込みしたら、昔からある伝承みたいな扱いだったけど、文献もまったく出てこないし」

「聞き込みの時に私が覚えのある家に一人で挨拶に行って、まだ地元に残っている同級生がいるかどうか探していたんですよ。一応、ギリギリ都内なので実家に残ってる子もいるかなって」

「で、あの子――えーっと、近藤さんを捕まえて話を聞いたら、このあたり……というかまさにこの場所でオカルト番組の撮影があって、霊能者が河童のルーツじゃないかと思い当たったと」

「でも、それだと神社で祀られていることとの整合性が取れないと思ったんですが、まさかあの霊能者が芸能界を引退してあそこの神社で河童の噂を流してるなんて……想像もできなかったですね」

「やっぱり宮司さんが葛木竜泉だったたって気づけたのって顔がカッコよかったからだよなぁ。面影あってよかったよ」

「ですね。あの神社のこと、私覚えてなかったんですけど、それこそ跡継ぎがいなかったのかもしれません」

「でも、なんでそんなことをする必要があるのかって話なんだよな。まず怪奇現象があって、それを河童の噂で覆い隠して、なぜか河童を大切にしましょうなんて言ってさ。さらにそこから水害が昔あったなんて出鱈目《でたらめ》まで付け加えてたわけだ。あの宮司さんは」

小野寺が小さく息を吸って、少しだけ目を閉じた。

何かを思い出そうとしているのだろう。

山城は黙って、彼女が再び口を開くのを待つ。

「これから話すのは、私の記憶に基づく推理です。ただ合っている自信はありません。聞いてもらえますか？」

「もちろん」

ここまでの出来事は整理できた。

後は小野寺視点でしか知りえない情報があれば真相に辿り着けるかもしれない。

「霊能者の葛木竜泉さんはテレビで言っていました。沼には主のようなものがいて、周囲に殺された人の霊が見えると、その中に母親と子供が見えると。子供を助けようとして溺れたのではないかと」

「そうだね」

「でも、おかしいと思いませんか？」

ここですぐに「何が？」と反射的に問い返さないだけの思慮深さをこの期間で山城は身に着けていた。

「順を追って考えてみましょう。私の弟とその友達がまず行方不明になりました」

「そうだね」

「そして、弟たちを捜していた私の母が続けて行方不明になっています。同時にもう一人子供がいなくなっていますが、関連性はわかりません。たまたま同時期にいなくなったという可能性も否定はできません」

山城は話の穂を継ぐ。

「小野寺さんのお母さんは弟さんを捜しているうちに他の子供が沼に引きずり込まれそうになっているのを見つけて、助けようとしたのかもしれないよ。それが同時に行方不明になったもう一人なのかもしれないね」

「はい、普通はそう考えます……普通は」

小野寺は呼吸を乱し、言葉が出てこない。

「大丈夫？　ゆっくりでいいよ」

「ありがとうございます。大丈夫です。私の記憶では母は……お母さんはそんな人ではありません。どこまで記憶を遡っても他所《よそ》の子を気遣ったり、ましてや自分の命と引き換えに助けようとするような人間ではなかったです。実の娘にすら冷淡でした。弟のことは溺愛していたようですが」

　これは家族だからこそわかることだろうが、実際に親が他所の子供を見殺しにするはずだと口にするのはさぞ辛いだろう。山城は涙を堪えるために天井を見上げる。

「私の推理では……弟の航大以外は母が殺した、と思っています。その際に母もまた沼に足を取られて溺死したのではないかと。母は弟が悪魔に殺された、というようなことを言っていました。オカルト的な意味ではなく、あれは航大が何らかの理由で死に至り、その原因となった他所の子のことを言っていたのかなと」

　行方不明になった母親の名誉を傷つける推理だ。山城は受け入れる気になれなかった。

「でも、そんなこと……じゃあ、子供の首吊りの影は？」

「マンションで起こる怪奇現象は化け物になった母の意思や、母に命令されて他の子供を呼びに来た子供の霊だと思います。それに葛木さんは気づいたんじゃないでしょうか」

　——気づいたからってなんで……いや、そういうことか。

「だとしたら、あの人優しすぎるよ。つまり霊視でそれを知ったけど、小野寺さんのお母さんの名誉を守るために河童の噂をでっち上げたってことだろ？」

「私は、そう思ってます」

山城は受け入れがたいとは思いつつも、結局彼女の想像を否定することはできなかった。


「俺たちはそう考えているんですが、どうでしょう？」

かつて葛木竜泉だった男は何も言わない。

沼の方をじっと見つめている。

「私と父のために嘘をついてくれたんですよね？」

竜泉はしばらく瞑目《めいもく》した後に、諦めたように肩を落とした。

「そう、だね。あぁ、そうだ」

「あなたが見たこと、知っていることを聞いてもいいですか？」

山城がそう言うと、葛木は観念したように手を挙げる。その様は芝居がかっていると山城は感じた。

「私が見たのは、君の母親であったものだ。最初に見た時はもっと人間っぽかったな。写真で見てたからすぐわかった。続けざまに子供の首にロープをかけてそこの木に吊るした後に沼に捨てる幻影を見たんだよ。その時に君の弟さんの復讐のようなことを口走っていた」

「なんでロープで吊るす必要があったんですかね？」

山城が疑問を口にするとそれまで呆然としていた早菜が口を開いた。

「そういうイジメありますよね、首吊りごっことか、そんなことだったんじゃないですか。それで自分の子供にやったのと同じ目に遭わせてたんだと思いますよ」

彼女の発言はもっともであるように思われた。

山城は竜泉の方に視線をやる。

彼は眉間に皺を寄せつつも静かに頷いた。

早菜の想像は当たっているということだろう。

「あぁ、イジメだったのか、遊びの延長の事故だったのかはわからないが、そこの彼女が言ったとおり、自分の息子がそうやって殺されたから同じようにしていたということだろうな」

「そうでしたか」

山城は静かにそう言った。それ以外に言うべき言葉が見つからなかった。

小野寺は自身のつま先をじっと見つめている。父親の大樹は何かしらを言わんとしているのか口を開くも言葉が出てきていない。

「でもなぜ河童だったんですか？　何の意味が？」

「言えないだろ。カメラを引き連れてきて、本当のことを言ったら、残された家族が辛い目に遭うかもしれない。それが嫌だったんだ。で、咄嗟に河童のせいにした。別に意味なんてない。口から出まかせだよ。沼の中にいるっていうのが河童っぽかったしな」

少し冗談めかした言い方だったが、全員が神妙な面持ちのままだ。誰も横やりを入れたりはしない。

「最初は咄嗟に言ってしまっただけのことなんだが、不思議なものでテレビで河童の話が放送された後に、もう一回ここに来たら本当に河童っぽくなってたんだ。怪異とか怪談みたいなものっていうのは人間の認識でだんだん捻じ曲がっていくんだってその時気づいたんだな。俺は確かにホンモノや残留思念みたいなものが見えはするが、お祓いができるわけじゃない。でも悲惨な事件を妖怪だか怪異だかの嘘で覆い隠すことはできるかもしれないし、さらにそれを敬ったりしたら君のお母さんの怒りも晴れるんじゃないかって思ったんだよ」

——あぁ、それでこの人はその後の人生をこの地で過ごすことにしたのか。

山城は彼の優しさや諦めた未来のことを考えると、目に涙が滲んでくる。

「で、嘘を広めるために神社に転職したわけだ。うちの実家も神社でね、たまたまその伝手があったってのもある。大学でも神職課程をとっていたんだよ。実際に河童の噂が広まるに連れて、どんどん人間とは違う感じになっていったよ。完全に人間の姿でなくなって、ひょっとしたらいつか恨みが消えて神様のようなものになるかもしれないと思ったんだが……どうやら中身は変わってなかったみたいだ」

かつて竜泉と名乗っていた宮司は小さくため息を吐く。

「俺、マンションで首吊った子供の幽霊見たんですよ。あと番組で言ってた濡れた子供の霊っていうのは？」

「あぁ、それはイジメに関与した子供を呼んでこさせてたんだろう。関与したと思われる子供が全員死んでもなお恨みは晴れず呪いは残り続けた。あのマンションにいる嗜虐的《しぎゃくてき》な人間が選ばれてここに呼ばれてたんだと思う。私が呼ばれたのも性格が悪いからだな。あの番組を観たなら知っているだろうが、まさにあのマンションで似非霊能者と対決した時に恥をかかせて痛めつけたからね。だが呼ばれはしたが命は助かった。他にも似たような体験をした人間もいたのかもしれない。それっぽい怪談を耳にしたこともある」

竜泉が自虐的にそう言う。

山城たちは気まずそうに下を向く早菜からそっと視線を逸らした。

そして、ふと一つのことに思い当たる。

「俺、思うんですけど、誘いこんだ人間、すべてを引きずり込んでいたわけではないなら、まだ人の心や良心は残っているのかもしれないですよね。人の言葉が通じるのかもしれない」

そう思ったのは山城だけではなかったらしく――。

小野寺が顔を上げる。

「お父さん、お母さんはそこにいるんだよ。私たちが霊感を信じてあげずに目を逸らし続けてきたお母さんが――」

「あぁ、そうだな」

「話してみようよ」

二人が沼へと近づいていく。山城はそれを引き留めることはしなかった。

きっと引きずり込まれたりはしない。

「美知留、気づいてあげられなくてすまなかった。本当にごめん。全部押し付けてしまった。ちゃんと話を聞いてやればこんなところで恨み続けなくて済んだかもしれないのに」

大樹が涙を流しながら地面に頭をこすりつける。

「お母さん、もうこんなことしなくて大丈夫だよ。来るの遅くなってごめんね。航大と一緒に帰ろう」

小野寺が沼に向かって語り掛ける。すると——。

こぽこぽと沼が泡立つ。

そして、死体が上がらないと言われている沼から、骨のような白い欠片《かけら》がぷかりと浮かんできた。

竜泉が誰に言うでもなく言った。

「人間に戻ってる。河童の噂で上塗りされていたものが剝がれ落ちていくような。いったいなんで……」

山城はあるものに気づいた。

「あれじゃないですか？」

山城が指差した先にはこちらに向けて立っている三脚と冴木早菜のカメラがあった。どうやら、これまでのやりとりがすべて配信されていたらしい。

「テレビで河童の話が放送されたのと同じようなことが今まさに起こっていたのか。怪異っていうのは人間が作り上げていくものなんだよな。自分たちがそうだと思い込んでいる姿に歪《ゆが》んでいく。そしてその逆も然りだ。正しく認識すれば正しい姿に戻る。カメラの向こうで観ていた人たちの認識で魔法が解けたんだな。最初からこうしておけばよかったのか。そうか。簡単なことだったんだ。私は余計なことをしてしまったようだな」

竜泉は自嘲気味にそう言ったが、山城は彼が間違ったことをしていたとはどうしても思えなかった。

「お母さんは変な人でした」

見本誌発送のための宛名を書きながら小野寺が言った。

線の一本一本がはっきりとした几帳面《きちょうめん》な字だ。書き順もおそらく合っているのだろう。

曖昧にしか覚えていない漢字をなんとなくそれっぽく書いて誤魔化そうとする山城とは違う。

「申し訳ないけど、そうなんだろうなーとは思ってた」

「意外性ないですよね？」

「ないんだけどさ、最初からそんな変な人だったの？」

「ちょっと変わり者ってくらいで、一応ちゃんと日常生活送れてましたよ。航大がいなくなるまでは」

「そうなんだ」

「はい。ちょっと変、くらいだったと思います。私とは折り合い悪かったですけど、そこを差し引いても」

「ちょっとと言っても俺には程度がよくわからないけどさ」

山城はいくら考えてみても、もともとかなり変わっていたのを抑え込んでいて、それが息子の失踪――同級生による殺害あるいは死亡事故をきっかけに爆発したのか、正常な人間が息子の死でおかしくなってしまったのかはわからなかった。

「うーん、私も今になって思うと変な人だったなっていう印象で、一緒に暮らしていてすごく変な人だなって感じてたわけではないんですよね」

「そういうもんなんだ」

「他所の家の普通っていうのがどういうものかわからなかったですからね。同級生が自宅で親とどんなやりとりしてるかなんて知りようもないですし」

「たしかにね。お雑煮とかさ、自分の家のが普通だって思って生きてたけど、上京してきて他所と違うんだって初めて知ったもんな。地域とか家庭によって具材も味付けも違うって。それと一緒だな」

小野寺は笑いながら「その喩《たと》えはどうでしょう？」と言った。

喩えが適切でなかったとしても小野寺が笑ったので、山城はそれで正解だったのだと納得する。

「山城さんの実家のお雑煮ってどんなのですか？　何か変わったもの入ってました？」

「俺は変わってると思ってなかったけど、牡蠣《かき》が入ってたんだ。他の地域入れないらしいな」

「へー、牡蠣ですか。確かにあんまり聞かないですね」

「クイズに出るかもしれないから覚えておきなよ。岡山広島あたりだと牡蠣が入ってるって」

「あんまり出題される気はしないですが、覚えておきます。クイズに出るかどうかとは別に、いつか私が作ることもあるかもしれないので。今度レシピ教えてください」

「俺は自分で作ったりしないけど、実家に聞いとくよ」

「ありがとうございます」

小野寺が会話をしている間、手元から視線を外すことも手を止めることもないことに気づいた山城は感嘆した。

山城は二つのことが同時にできない。他人と会話をしているとキーボードを叩く手が止まってしまうので、小野寺の器用さが羨ましいと思った。

「そういえば一つ思い出したことがあります」

「なに？」

「私と弟とでお使いに行ったことがあるんですよ。お餅を買いに行かされたんですけどね」

「よくある話だね」

「そう普通っぽいエピソードです。私は切り餅で、弟はなんだったかな……忘れちゃいましたけど、お正月に必要な飾りとかだったと思います。その時に、母が道を指定してきたんですよ」

「道を指定？」

「お店までの道のりであそこの道は通っちゃいけないとか、帰りはこのルートで帰ってこなきゃいけないとか。別にゲームや冗談みたいな感じでもなく、本当に自然な言い方だったのが不思議でした」

「理由は聞かなかったの？」

「なんでですかね。変なのって思いながらも聞きませんでした」

山城は少し考えてみるもこの話の着地点の想像がつかなかった。

「それでどうなったの？」

「私も弟もちゃんとお使いをこなして帰ってきました。その時、私に向かって『よく頑張ったね。悠は大丈夫』『あなたは心配』というようなことを言われていたような気がします。はっきりは覚えてないんですが『あなたは心配』って言ったんですよ。でも、弟は褒められませんでした。はっきりは覚えて
山城はその理由がなんとなくわかるような気がした。

「小野寺さんは指定された道を通って、弟さんはそれを破ったから？　お母さんにはそれがわかったのかな？」

霊感があるという小野寺の母親にはその日、禁じた道には何か嫌な気配を感じたのかもしれない。

「おそらくそうだと思うんですが、私と弟を試すためにあえて危険な道を指定して、その後の反応を見たとも考えられます。たとえば何かが弟にだけついてきたのかもしれません」

「その可能性は否定できないけど、今更確かめようもないしお母さんは善意の忠告をしてくれたってことにしよう」

山城がそう言うと、小野寺は初めて作業の手を止めた。

「あの時はお母さんに褒められた、ということに対して驚いたのを強烈に覚えています。そんなことで褒められるというのもよくわからなかったですし。今から思えば、私には霊感もないしどうやら危ない目に遭わないから心配しなくていいけど、航大は不安だからちゃんと見守らないとって思ったのかもしれないです」

「そうかもね。きっとそうだよ」

そして、小野寺は小さく笑って言った——。

「変な人でしたし、私にはあんまり優しくもなかったけど、信用はしてくれてたんだって、そう思うことにします」

エピローグ

山城龍彦が初めて一人で作った本は冴木早菜の動画チャンネルが良い宣伝となり、黒字にはなった。

そして今は次の本の企画をデスクで練っている。

「山城さん、思いつきました？　良いアイディア」

小野寺悠がパイプ椅子を山城の隣で広げる。

「今、小野寺さんの顔見て思いついた」

「私ですか？」

「うん、オカルトクイズの本」

「いいじゃないですかっ」

小野寺がいまだかつて見たことのないような明るい顔で身を乗り出してきた。

「早速、問題考えましょうよ。解説に怪談とか逸話載せましょう」

「待て待て。まだ企画通ってないどころか、企画書すら一文字も書いてないだろ。問題考えるのはその後だから」

山城は小野寺を喜ばせることはできたものの、ここまで喜ばれると企画を通さないわけにはいかないというプレッシャーをも同時に感じていた。

「いいんじゃないの、クイズ本」

たまたま会社に来ていた外部ライターの米田が言う。山城の先代のアルバイトで、今はゲーム会社でディレクターをやっている。編集・ライター業を副業にしているのでこうして操山出版にも出入りしているのだ。

「米田さんからも社長に面白いと思うって言ってくださいよ。あの人、俺が言うとダメっていうのに米田さんが言うと良いって言うんですよ」

「これまで積み上げてきた信用が違うからなぁ」

そう言って米田は笑った。

「酷いっすよ。あ、そうだ。企画書できたら提出する前に見てもらっていいですか？」

「いいよ」

米田が企画書の添削を快諾したことで、山城と小野寺は既に企画が通ったかのように快哉《かいさい》の声を上げた。

「気が早いですね」

そして米田の隣に座っていた冴木早菜が不愉快そうに眉を顰めた。

「まだ何も始まってないじゃないですか。あと小野寺さんはいつまでここに入り浸るんですか？　もう就職先も決まったんですから、次はあたしに任せてもう来なくてもいいんですよ」

「仲良くしろよ」

山城が諭すが、二人はいつも「仲良いですよ」としか言わない。

――絶対、仲悪いんだよな。

早菜は動画チャンネルを閉鎖し、次の操山出版のアルバイトに立候補した。

社長の矢田部は小野寺の後継者がこの早菜であることに対し、「せっかく上がったバイトのレベルがまた下がるのか。いや、米田と小野寺が例外的に出来が良かっただけで、こんなもんか？」などと文句を言いながらもそれを受け入れた。

「でも、私やっぱり卒業したらここに就職しようかな」

小野寺がそんなことを言い始める。

きっと早菜への当てつけだろう。

「やめとけ。ちゃんと一流企業に内定もらってんだろ？　一時の気の迷いで一生を台無しにするな」

これまでのやりとりを聞いていたらしい社長が言った。

狭いフロアで会話は筒抜けだ。

山城は自分が入社する時と違う対応に驚愕する。自身が入社する時には「お前みたいな仕事のできない愚図《ぐず》を雇うのはうちくらいのもんだ」などと酷い言われようだった。

そして、この会社への就職は「一生を台無しにする」ほどのものだということにも愕然とした。

「じゃあ、米田さんみたいに副業編集者とかライターとして出入りするのは許してもらえますか？」

小野寺のその問いに社長は逡巡する。

「そうだな。小野寺、お前の気持ちを尊重してやりたいとは思ってる。だけどな、おすすめはしないぞ」

「いいんです」

「じゃあ、好きにしろ。うちは単価安いぞ」

「ありがとうございます」

山城は頼りになる後輩が卒業後も時々こうして会社に来てくれるということを頼もしく思った。

「どうして卒業してからもここに通いたいと思ってるかわかりますか？」

「オカルトが好きなんだな、小野寺さんは」

そうとしか答えようがなかった。

で、なければこんな小汚い雑居ビルでオカルトとヤクザなんて怖いもの繋がりの二つをメインで扱う弱小出版社に出入りしようなどと思うはずがない。

山城以外の全員が同時にため息を吐き、何かをしくじった気配を感じたが、それが何なのかはまるで想像がつかなかった。

「それはそうなんですけど……じゃあ、一つクイズを出します。実体はないんだけど、この場にいる人で山城さん以外の全員に見えているものがあります。何かわかりますか？」

山城はすぐに答えがわからなくても、あきらめずに考えるようになっていたが、それでも思いつかなかった。

彼が答えられないでいると――。

「いつか見える日が来てくれたら嬉しいです」とだけ言うと、小野寺は自身のタブレットＰＣに企画案のメモを書き始めるのだった。

和田正雪（わだ　しょうせつ）
1987年生まれ。岡山県出身。早稲田大学教育学部国語国文学科卒。
2023年、Web小説サイト「カクヨム」投稿作に改稿を加えた『夜道を歩く時、彼女が隣にいる気がしてならない』でデビュー。

＊本書は書き下ろしです。

嘘《うそ》つきは同《おな》じ顔《かお》をしている

2025年 4 月18日　初版発行

著者／和《わ》田《だ》 正《しよう》雪《せつ》

発行者／山下直久

発行／株式会社KADOKAWA
〒102-8177　東京都千代田区富士見2-13-3
電話　0570-002-301（ナビダイヤル）

印刷所／旭印刷株式会社

製本所／本間製本株式会社

●お問い合わせ
https://www.kadokawa.co.jp/（「お問い合わせ」へお進みください）
※内容によっては、お答えできない場合があります。
※サポートは日本国内のみとさせていただきます。
※Japanese text only

定価はカバーに表示してあります。

ISBN 978-4-04-115808-1　C0093